Yaqui Delgado quiere darte una PALIZA

MEG MEDINA

Traducido por Teresa Mlawer

CANDLEWICK PRESS

Copyright © 2013 by Margaret Medina
Translation by Teresa Mlawer, copyright © 2016 by Candlewick Press

First Spanish edition 2016

Library of Congress Catalog Card Number 2012943645
ISBN 978-0-7636-5859-5 (original hardcover)
ISBN 978-0-7636-7164-8 (original paperback)
ISBN 978-0-7636-8992-6 (Spanish hardcover)
ISBN 978-0-7636-7940-8 (Spanish paperback)

15 16 17 18 19 20 BVG 10 9 8 7 6 5 4 3 2 1

Printed in Berryville, VA, U.S.A.

This book was typeset in ITC Giovanni.

Candlewick Press
99 Dover Street
Somerville, Massachusetts 02144

visit us at www.candlewick.com

A Javier, mi esposo

Capítulo 1

—Yaqui Delgado quiere darte una paliza.

Me lo dice una chica que se llama Vanesa antes de que entremos a la primera clase de la mañana.

Se me planta delante, con los libros apretados contra el pecho como un escudo protector, y me impide el paso. Es alta como yo y con la piel color caramelo. Me parece haberla visto antes en la cafetería de la escuela, pero no estoy segura. O quizá en los pasillos; es difícil saberlo exactamente.

Cuando vengo a darme cuenta, Vanesa ha desaparecido entre el enjambre de gente que va de un lado a otro.

—¡Espera! —quiero gritarle antes de perderla de vista—. ¿Quién es Yaqui Delgado?

Pero no logro salir de mi asombro y me quedo inmóvil viendo a los chicos abrirse paso a empujones. Ha sonado la campana, y no tengo claro si es el primer aviso o si es que llego tarde a la primera clase. No es que me importe mucho. Llevo cinco semanas en esta escuela y el señor Fink no se ha molestado en pasar lista ni un solo día. Una chica que se sienta delante, cerca del profesor, echa un vistazo por el aula y simplemente marca los que están ausentes.

—¡Muévete, idiota! —me grita alguien, y sigo al resto de la gente.

Pero es Darlene Jackson la que me cuenta en el lío en que estoy metida. Es una estudiante que trabaja en la oficina de la conserjería y conoce bien a Yaqui Delgado:

—El año pasado la suspendieron por buscar pelea. —Estamos en la cafetería y Darlene tiene que alzar la voz para que la pueda oír—: *Dos veces*.

Hace solo unas semanas que conozco a Darlene, pero me doy cuenta de que le encantan los dramas, especialmente si ella ocupa la primera fila y no es suya la tragedia. Su madre pertenece a la asociación de padres y maestros y también le encanta el chisme. Darlene siempre sabe qué padres se están divorciando, quién fue suspendido y qué profesores perderán el trabajo a final de curso. No me preguntes cómo, pero Darlene se enteró de que a la profesora de Ciencias la había dejado su esposo. La semana pasada, antes de que la señora O'Donnell superara su dolor y nos enseñara las leyes de Newton, la clase entera sabía que su vida amorosa estaba arruinada.

Darlene se ajusta los lentes y me lo cuenta todo.

—Yaqui Delgado te odia. Dice que para una persona

2

que acaba de llegar, eres muy vanidosa. Y también dice que quién te crees que eres moviendo el trasero de la manera que lo haces. —Darlene baja la voz y me susurra—: Incluso te llamó *zorra*.

Me quedo pasmada.

—¿Que yo muevo el trasero?

Darlene fija la vista en su sándwich de ensalada de huevo por un segundo.

—Pues yo diría que sí.

¡Qué interesante! Tengo trasero hace apenas seis meses y resulta que ahora incluso piensa por sí mismo. Si mi amiga Mitzi estuviera aquí para ver esto... El año pasado, en noveno grado en mi otra escuela, yo no había desarrollado todavía. Estaba *planchadita* por todas partes: nada por delante, nada por detrás; no como Mitzi, que tiene curvas desde el quinto grado.

Fue mami la que se dio cuenta del cambio de mi cuerpo y me lo dijo sin titubear después de ver a un hombre mirándome los pechos como un idiota en el autobús.

«Piddy, necesitas ponerte sostén. No puedes ir con esos limones colgando debajo de la blusa y que todos los chicos se te queden mirando».

Me lo dijo molesta, como si yo hubiese tenido la culpa de que ese hombre disfrutara del espectáculo a costa mía.

Fue Lila, la mejor amiga de mami, la que me acompañó a comprar sostenes al día siguiente.

«Levanta esos pechos, hija, —me dijo Lila en el departamento de ropa interior mientras yo miraba boquiabierta toda esa ropa con encaje, cintas y lazos—. ¡Ah, y endereza los hombros!».

Ahora que lo pienso, lo de mover el trasero es probablemente culpa de Lila. Es por todo ese bailoteo que hacemos. Lila me está enseñando a bailar merengue como lo hacen en su club. Justo antes de que comenzara el colegio, me enseñó su colección de discos de Héctor Lavoe. Los hemos escuchado tantas veces que llevo el ritmo metido en la cabeza.

«Mueve los pies como si estuvieras bailando sobre un ladrillo —me explicó una vez cuando estábamos bailando en su apartamento—. Mueve las caderas. ¡Muévelas, así, mami!». —Me lo mostró con un movimiento rápido de caderas de un lado a otro.

A lo mejor desde entonces me muevo como una espiral. ¿Quién sabe? Cuando Lila camina por la calle, los ojos de los hombres siempre se posan en su trasero. Hasta los conductores de autobuses disminuyen la velocidad para virarse a mirarla. Mami dice que Lila es un verdadero peligro para el tráfico.

Darlene termina su sándwich, pero deja la corteza y la echa dentro de la bolsa del almuerzo.

—A lo mejor debes practicar a caminar con más

naturalidad —dice encogiéndose de hombros—. Sin moverte tanto, como yo.

Trato de no atorarme. Darlene *no camina con naturalidad*. Camina echada hacia delante, como si la llevaran con una cuerda invisible de la nariz, dando pequeños saltitos.

—No veo nada malo en mi manera de caminar —replico.

—Haz lo que quieras —contesta—. Todo lo que te digo es que Yaqui Delgado te va a dar una paliza. —Y lo demuestra estrujando la bolsa de su almuerzo a la vez que lanza una mirada en dirección al otro lado de la cafetería, donde se sientan los latinos.

El primer día que entré a la cafetería, me quedé parada, con la bandeja en las manos, tratando de identificar los territorios: los chicos asiáticos se sentaban hacia el centro. Los chicos negros tenían un grupo de mesas que solo ocupaban ellos. Enseguida divisé la zona latina, pero no reconocí a nadie de mi clase. Según me fui acercando, vi que algunos chicos se hacían señas y se daban codazos, y era obvio que ninguna de las chicas tenía intención de hacerme sitio. De hecho, daba un poco de miedo la forma en que me miraban. Por suerte, Darlene hizo un gesto con la mano para que me sentara con ella.

Nuestra mesa está en una esquina, cerca de los basureros. La peor zona de la cafetería. Desde que nos mudamos, he tenido que acostumbrarme a muchas cosas nuevas. En la mesa se sientan los chicos de la clase de Ciencias del cuarto período, como Sally Ngyuen y Rob Allen. Los dos están en la clase de Física del décimo grado con Darlene y conmigo. Empiezo a darme cuenta de que quizá sea la mesa de los marginados de la Escuela Secundaria Daniel Jones.

Rob parece asustado. No es un chico feo, pero es flaco y pálido. La nuez de su garganta no para de moverse y tiene los ojos rojizos como los de un hámster. Es inteligente y por eso me gusta, pero sería mejor si su cerebro viniese envuelto en un paquete más atractivo. Puede resolver un problema de física en menos tiempo que yo, pero eso aquí no cuenta mucho. Sé con certeza que no tiene ni un solo amigo. Su taquilla está al lado de la mía.

—¿Quién te va a dar una paliza? —la voz de Rob suena entrecortada a la vez que mira fijamente la bola de papel.

—Nadie —contesto.

—Rob, ocúpate tú de tus asuntos —salta Darlene. Se vira hacia mí y pone los ojos en blanco. Aun entre los mentecatos existe una jerarquía, y Darlene está a la cabeza. Rob la atraviesa con la mirada, pero se calla.

—Darlene, yo ni siquiera sé quién es Yaqui Delgado —le digo encogiéndome de hombros—. No estoy preocupada.

—Ella *sí* que te conoce y te odia. Piddy, tú eres nueva aquí. Créeme, puedes darte por muerta. Estas latinas no se andan con rodeos. Si yo fuera tú, mañana me quedaba en casa.

Paro de masticar y la miro fijamente.

—Por si no te has dado cuenta, yo también soy latina.

Darlene pone los ojos en blanco —otra vez— como si yo fuese estúpida. Piel blanca. Sin acento. Buenas notas. Para ella no encajo en el molde de latina. Podría decirle que Cameron Díaz es también latina, pero para qué molestarme. No voy a cambiar su manera de pensar.

—No me digas. ¿Y entonces por qué no te sientas con ellas?

Me pongo colorada mientras miro hacia el otro extremo de la cafetería. Es porque esas chicas son de otra calaña, nada que ver con Mitzi o conmigo. Aun así, prefiero ignorar el comentario de Darlene. Ya tengo suficiente con aquella vez que el señor Malone leyó mi nombre en la clase de Educación Física y las chicas guatemaltecas, sentadas en la parte de atrás, me miraron extrañadas. «¿Eres hispana?», me preguntaron. Las ignoré.

—Mi apellido es Sánchez, ¿recuerdas? —le dije finalmente a Darlene—. Mi mamá es cubana y mi papá es dominicano. Soy tan latina como ellas.

Termino de comer mi sándwich de mantequilla de maní y hago un esfuerzo por entablar conversación con Rob durante el resto del almuerzo, solo para fastidiarla. Pero es más difícil de lo que yo pensaba, pues Rob no es precisamente lo que se dice un buen conversador. Pienso que le falta práctica. Suelta lo que le viene a la mente sin pensarlo dos veces.

—Me voy a hacer una daga —salta de pronto.

Me toma un segundo darme cuenta de que está hablando del trabajo que tenemos que hacer sobre Julio César para la clase de Historia.

—Recuerda lo de «tolerancia cero» —le advierto—. Conozco a un chico que en sexto grado lo suspendieron por llevar a la escuela una pistola de agua. Era Joey Halper, mi vecino, al comienzo de su carrera de bravucón.

Rob se encoge de hombros.

—Aclararé que está hecha con papel de aluminio antes de blandirla.

—¿Qué es lo que vas a blandir? —se burla Darlene.

Rob se pone colorado, y así damos por terminada la conversación. Por suerte, suena la campana y nos unimos a la estampida que sale por la puerta. Antes no puedo evitar mirar por encima del hombro en dirección a esas chicas. No veo a Vanesa, pero a lo mejor una de ellas es Yaqui, que me observa, se fija en mi trasero y me odia cada vez más. Aprieto los libros contra mi pecho y me abro paso entre la multitud tratando de caminar recta, sin mover las caderas.

Capítulo 2

Si estoy metida en este lío es por culpa de la destartalada escalera de la entrada de nuestro viejo edificio que finalmente se derrumbó, y mami dijo: «¡Hasta aquí!». De lo contrario, yo estaría en la escuela Charles P. Jeantet, al otro lado de Northern Boulevard, sin que nadie me acosara.

Todas las semanas ocurría algo en el edificio que hacía desesperar a mami: los lunes no había agua caliente; las peleas entre el señor y la señora Halper eran tan fuertes que a veces Lila tenía que llamar a la policía; los excrementos del viejo perro bóxer del 1D (en años de humanos tenía 91), que no se aguantaba antes de llegar a la calle. Todo esto alteraba el sistema nervioso de mami, que de por sí no era muy estable. Y precisamente ese día en que la escalera hizo ¡cataplum!, mami llegaba tarde y cansada porque había tenido que trabajar horas extras.

Yo estaba en la sala de Lila viendo nuestra telenovela cuando escuchamos el estruendo. Primero sonó como un fuerte viento, seguido del ruido de una locomotora arrasando con todo. Incluso la puerta de la casa tembló un poco. Entonces escuchamos los gritos de mami.

—¡Dios mío! ¿Qué es esto? ¡Socorro!

Lila agarró el palo que guardaba detrás de la puerta en caso de que un ladrón entrara a la casa, y las dos salimos corriendo. Encontramos a mami envuelta en una nube de polvo, enterrada en escombros hasta la rodilla, justo donde los cinco escalones se habían derrumbado bajo sus pies. Cubierta por toda esa polvareda de mármol, parecía la misma estatua de una diosa griega, aunque de mirada feroz, como te imaginarías a Medusa. Las manos le temblaban y parecía que iban a reventarle las venas del cuello. Incluso después de ayudarla a salir de los escombros y entrar en el apartamento, era obvio que todo su ser reclamaba venganza.

—¡Sinvergüenza! ¡No podemos vivir como animales! ¡Somos personas decentes! —gritaba a través de la tubería de la calefacción, que bajaba desde el último piso hasta el apartamento del *súper*, cerca de donde estaban las lavadoras. Le dio varias veces al tubo con una sartén para asegurarse de que el ruido de las lavadoras y las secadoras no acallaran su voz. No creo que el *súper* tuviera ningún problema en oírla; estoy segura de que el edificio entero se estaba enterando del escándalo que estaba montando; es más, yo diría que la cuadra entera. Te puedes dar hacer

10

una idea de lo furiosa que estaba mami, porque si algo no le gusta es montar escándalos. Para ella lo peor es actuar como una chusma. Piensa que los latinos en este país tenemos mala reputación, y para contrarrestar esa opinión, se esfuerza en hablar bajito y ser amable todo el tiempo.

—Cálmate, por favor, Clara —le dijo Lila bajando la candela a la tetera y abriendo la alacena para buscar miel—. ¿Quieres que te dé un ataque al corazón?

—¡No quiero calmarme! —La cara de mami era casi de color morado.

—¿Y si alguien llama a la policía? ¿Te puedes imaginar qué escándalo? —dije logrando captar su atención.

Le dio un golpe final a la tubería antes de dejar la sartén a un lado. Entonces se dejó caer exhausta en una silla de la cocina. Echó la cabeza hacia atrás y cerró los ojos para rezar al *Señor*, aunque quién sabe si él todavía la escuchaba: han pasado quince años desde la última vez que fue a la iglesia. Cuando abrió los ojos nuevamente, eran de un color gris metálico, y su voz era apenas un susurro.

—No, no quiero un ataque al corazón, Lila. Ni tampoco quiero que venga la policía. Lo que *quiero* es marcharme de aquí. La familia Ortega tuvo suerte de mudarse cuando lo hicieron. —Los Ortega son los padres de Mitzi. Se fueron a Long Island en mayo huyendo del «elemento malo» del barrio.

«Oh, no», pensé. Otra vez, no. Cada vez que se disgusta

11

por algo, amenaza con mudarnos, pero nunca a un lugar razonable, como Maspeth o Ridgewood. Es siempre Hialeah o Miami, alias «La pequeña Habana».

A veces incluso llega tan lejos el asunto que nos ordena empezar a empacar. En una ocasión se disgustó tanto por el hielo acumulado a la entrada del edificio que trajo de su trabajo un montón de cajas vacías y anunció que nos marchábamos a la Florida. Por suerte, somos de los pocos cubanos de Estados Unidos que no tienen familia en la Florida y no tendríamos donde quedarnos. Lila solucionó el problema comprándole unas botas con suela de goma, en rebajas, y nos quedamos.

Tenía que actuar rápidamente.

—Mitzi dice que Long Island no es nada del otro mundo. La gente es esnob. —Es mentira. Hablé con ella la semana pasada. En realidad le gusta su nuevo barrio, a pesar de la escuela católica, solo para chicas, que fue parte del acuerdo—. ¿Por qué no demandamos al *súper*? —Esto parecía ser mejor solución que empacar todo el apartamento. Además, a mami le encantan los programas de la tele de casos judiciales—. ¿Quién sabe? Incluso nos podríamos hacer ricos si te has lastimado. ¿Cojeas? ¿Tienes un trauma psíquico?

Mami me miró irritada y se volvió hacia Lila:

—Hablo en serio, y si no me crees, mira.

Se levantó, abrió la alacena y agarró una lata de café El

Pico de la estantería de arriba. Cuando la abrió, mi corazón dio un vuelco. Dentro había un fajo de billetes como los de los traficantes de drogas.

—¡Mami! ¿Robaste un banco?

—No seas atrevida. He estado ahorrando. Y ahora ha llegado el momento. Lila, por favor, llama al señor Wu.

Lila se quedó mirando el fajo de billetes y no dijo nada. El señor Wu fue un antiguo novio de Lila, un chino que se crió en Uruguay y que es propietario de La Felicidad es un Hogar, una agencia de bienes raíces en esta parte de Queens.

Mami estaba decidida.

Lila hizo todos los arreglos tal y como mami le pidió. Todo lo que tuvo que hacer fue aceptar una invitación para cenar con el señor Wu. «Cómo no, linda. Estaré encantado de enseñarle todo lo que está disponible a tu amiga». No hay hombre que se le resista a Lila.

Al día siguiente, las tres estábamos, con el señor Wu, frente a una casa de dos familias, en la esquina de la calle 45 y Parsons Boulevard, no muy lejos de donde vivíamos. En la ventana del segundo piso había pegado un anuncio que decía «SE ALQUILA» y mostraba la foto sonriente del señor Wu de pie, delante de una parada de autobuses.

El señor Wu miraba a Lila como hipnotizado mientras buscaba las llaves del apartamento. Habían pasado seis meses desde que rompiera con él, pero era obvio que él no había perdido la esperanza, como siempre sucedía con todos los novios que Lila dejaba. Traté de fingir que no me daba cuenta de que se le caía la baba por ella. Los hombres se vuelven tontos cuando están cerca de Lila. Es como si el aire se electrizara y no vieran nada más que a ella. Lila usa tacones altos y vende productos Avon cuando no lava cabezas en la peluquería Corazón. Totalmente opuesta a mi mamá, que es tan tradicional y siempre anda preocupada por algo. A Lila nunca se le ven las raíces del cabello y, cuando camina, es el Jean Naté lo que hace que los hombres se vuelvan locos por ella.

—Es una lástima que sea así, tan coqueta —dice mami cuando la oye taconear por las escaleras para ir a una cita en la ciudad. Pero no creo que realmente lo piense así, o por lo menos eso no impide que la quiera. Sé que la quiere porque veo cómo se le arruga el entrecejo cuando vemos a Lila, a través de las persianas, ir a la ciudad. Algunas noches me despierto y veo la mitad del sofá cama vacío y a mami mirando por la ventana esperando a que Lila regrese.

Lila no es mala persona; es alegre y le gusta divertirse. Mami, por el contrario, ha envejecido antes de tiempo. Por ejemplo, Lila disfruta del ritmo de la música salsa en la radio en lugar de pensar que el volumen está demasiado alto.

———

—¿Es bonito, verdad? —dijo el señor Wu, señalando el rosal que crecía junto a la cerca. Era un día cálido del mes de septiembre y los capullos aún florecían. Asentí por cortesía, no porque pensara que hacían el lugar más bonito. La casa se veía tranquila. No había escalones a la entrada donde sentarse a conversar. No había nadie jugando en la calle. Todas las ventanas estaban cubiertas por rejas blancas que a los cuatro vientos anunciaban: «Ojo con los ladrones».

Lila me agarró por la cintura.

—Está a una cuadra de la escuela —me susurró al oído.

—¿Y eso es una buena razón para mudarnos aquí?

—Bueno, tal vez no, pero por lo menos no tienes que caminar mucho para ir a la escuela.

Podía ver la escuela desde la puerta de la casa. Ocupaba la mitad de la cuadra y estaba pintada de un color verde desinfectante. Las ventanas tenían barras de metal y una pared estaba cubierta con grafiti: una mezcla de arte y barrio.

—¡Por fin! —exclamó el señor Wu haciendo una reverencia y abriendo la puerta para que pasáramos. Todos los servicios están incluidos.

Subimos al segundo piso, y él no dejó de mirar el trasero de Lila todo el camino.

Nada hizo cambiar de opinión a mami: ni la vieja alfombra azul con esa sospechosa mancha oscura que le señalé, ni las cucarachas patas arriba de la alacena. Ni tampoco la señora Boika, una desagradable señora de Rumanía, que vivía en el primer piso y que se quedó mirándonos sin siquiera saludar, ni cuando le pregunté a mami cómo íbamos a transportar su viejo piano desde nuestro apartamento hasta este segundo piso. Es un Steinway vertical que no se ha afinado desde que lo tenemos, pero, de repente, yo me preocupaba por el piano.

—No vayas a pensar que es como en las películas de dibujos animados que suben y sacan cosas por las ventanas —dije. Pero mami me ignoró. ¿Acaso estaría pensando en dejarlo en el viejo apartamento después de tantos años? Dijo que el apartamento era perfecto. Había una parada de autobuses justo frente a la casa y no parecía haber vecinos escandalosos ni perros achacosos que ensuciasen por todas partes.

—Esas fueron sus palabras exactas —le dije a Mitzi por teléfono—. «Es perfecto».

Estaba sentada en la escalera de incendios sintiéndome realmente fatal. En verano, Mitzi y yo nos poníamos aquí a pintarnos las uñas.

—Ya verás como con el tiempo te acostumbras e incluso te gusta más. Uno nunca sabe —dijo Mitzi.

—No digas tonterías. Voy a empezar el décimo grado en una nueva escuela. La escuela tiene ventanas enrejadas y no conozco a nadie. ¿Cómo puede ser perfecto?

16

Silencio.

—¿Estás ahí todavía? —pregunté.

—Sí. Al menos entras a principio de curso. Perdona, pero tengo que dejarte. He de terminar un trabajo de laboratorio para la clase de Física.

Suspiré. Ni una alarma de incendios lograría que Mitzi dejara de hacer sus tareas. Su papá era médico en Honduras, pero aquí trabaja en el laboratorio de una clínica. Quiere que Mitzi sea cirujana, y estoy segura de que a ella le gustaría. Es la única chica que conozco que no hizo que Ken y Barbie se besaran desnudos, sino que jugaba a amputarles las extremidades utilizando unas tijeras.

—¿Qué hora es? —preguntó mientras se oía el movimiento de papeles—. ¡Ay! Tengo que ir a las prácticas.

—¿Prácticas de qué? —pregunté.

—Estoy en el equipo de bádminton de la escuela.

—¿El juego ese de red pequeña? ¿Eso es un deporte?

—Sí, aunque no lo creas. No soy muy buena jugando.

—Y, entonces, ¿por qué juegas?

—Porque mami quiere que haga amigos.

Las dos nos echamos a reír. Mitzi siempre ha sido tímida, todo lo contrario a su mamá.

La cosa se puso peor cuando le empezaron a salir las tetas en quinto grado y los chicos se volvieron medio tontos. A partir de entonces era yo la que tenía que poner a los chicos en su lugar, la que tenía que comprar las entradas para el cine y pedir cualquier explicación relacionada con las tareas de clase.

—¿Vas a venir pronto por Queens? —No quise decirle «te extraño»; ella ya lo sabía.

—El primer fin de semana que no tenga partido. Podemos ir a comprar tu regalo de cumpleaños.

No pude contestarle del nudo que tenía en la garganta.

—Piddy, no te preocupes. Todo saldrá bien —dijo Mitzi antes de colgar—. Sigue mi consejo: no hay nada que puedas hacer para no mudarte, así que míralo de una manera positiva. Además, tú siempre caes bien. Ya verás, serás la chica más popular de la escuela.

Una semana más tarde, las tres empacábamos las cosas de la cocina, y yo ya extrañaba a Lila. Estaba tomando un descanso sentada en el banquillo del piano, mientras me entretenía alzando las teclas que se atascaban.

—Clara, por favor, dile a esta niña que cambie esa cara de tristeza que tiene. Me parte el corazón.

Lila envolvió dos platos en papel de periódico y se inclinó a besarme la frente:

—Tu mami tiene razón. Este no es un buen sitio para vivir. —Limpió con su pañuelo la pintura de labios de mi frente y lo volvió a guardar dentro del sostén—. Este lugar está cada día peor.

Mami me miró frunciendo el ceño.

—Piddy, deja de quejarte y ayúdanos. Cambia esa cara, por favor. Deberías estar agradecida —dijo mientras cerraba con cinta adhesiva una caja con cacharros de cocina—. El nuevo apartamento no está lejos de aquí y, ¿te fijaste?, tiene un pequeño jardín.

Lancé una mirada de esas que taladran.

—¿Te refieres a ese pedazo de tierra?

—Hay un rosal —dijo—. Te puedes sentar fuera a oler el perfume de las flores. Nada más agradable para una joven.

—¡Ay, mami! —murmuré.

—Ay, mami, ¿qué? —dijo ella imitándome.

Suspiré.

Mami siempre piensa en cosas buenas «para las jóvenes de hoy», aunque en realidad se refiere a mí. Cosas como coserle el dobladillo a los pantalones; lavar la ropa interior a mano, porque ¿qué mujer decente echa su ropa interior a lavar en lavadoras que todo el mundo usa?; aprender a freír pollo y que no quede sangre pegada a los huesos; hablar aunque sea un francés rudimentario; bordar los cojines con punto de cruz —no es broma— para que algún día pueda bordar las iniciales de mi bebé en los baberos. Todo ese tipo de cosas que me pueden preparar para el futuro.

Lo malo es que yo tengo otros planes.

Mami no lo sabe todavía, pero quiero ser científica. Quiero trabajar con animales grandes, como los elefantes; incluso irme a vivir al otro lado del mundo. Es raro: los únicos elefantes que he visto en mi vida han sido los del zoológico. Pero sigo el programa de *National Geographic* en la televisión y sé que son inteligentes, sienten y oyen cosas que los humanos no pueden. Son capaces de retener en su memoria la historia de su manada, lo bueno y lo malo. Si le digo esto a mami, pondrá el grito en el cielo. ¿Elefantes? No dejaría de hablar de malaria y de la peste a excremento que no me podría sacar de las uñas. Diría que qué clase de chica decente se interesa por los elefantes, y más cosas. Nunca terminaría.

A veces pienso que me gustaría ser hija de Lila. No es que mami no me quiera o que a Lila le gusten los elefantes. Es que Lila no me molesta. Nunca ha tenido hijos, gracias a Dios, y no tiene ni la menor idea de lo que es bueno para mí. No me pregunta si he hecho los deberes o dónde he estado. Cuando mami tiene que trabajar hasta tarde, nos hartamos de galletas de mantequilla para cenar y vemos los programas en la tele que mami dice que son basura. Si yo fuera hija de Lila, la vida sería divertida.

—Olvídate de oler las flores del jardín —dijo Lila—. ¡Una chica tan bonita como tú! ¡Los chicos se encargarán de enviarte ramos de rosas a casa! Y piensa que vas a tener tu propio cuarto. Ahora tendrás *privacidad*. Toda chica de dieciséis años la necesita.

—Todavía no tiene dieciséis —murmuró mami.

—Dentro de unas semanas... —dijo Lila con un guiño.

Miré todas las cajas amontonadas en la sala y sentí un nudo en la garganta. Odiaba el nuevo apartamento y la nueva escuela. No me había sentido así desde el día en que el camión de la mudanza de Mitzi partió de nuestra calle.

Pero no dije nada. Tener mi propio cuarto era un rayo de luz en medio de todo. No tendría que compartir el sofá cama con mami, que roncaba y se llevaba toda la colcha para su lado. De todas formas, lo de «bonita» era algo un poco exagerado. No me considero una chica bonita. Mitzi sí es bonita, con curvas como una guitarra. Yo soy alta y flaca. Mis ojos están un tanto separados y son del color del lodo. Joey Halper dice que me parezco a una rana. A veces hace «croac, croac», desde la ventana cuando me ve.

—Eso es —dice mami—. Tu propio cuarto. Se acabó el abre y cierra de sofá y dormir en un mal colchón. Quizá ahora no camines tan desgarbada.

A través de la ventana podía ver el solar vacío de al lado y el tazón de leche que había dejado allí esa misma mañana. Movía nerviosamente de un lado a otro el elefante de jade que colgaba de mi cadena. A veces, el sonido de la cadena me calmaba los nervios.

—¿Qué pasará cuando nazcan los gatitos? —pregunté—. La gata atigrada a la que he estado dando de comer en estos días tiene ya el vientre bien bajo. Ha engordado tanto que parece un mapache.

La camada nacerá dentro de muy poco. Pienso en lo que puede pasar si no estoy aquí: los perros, el frío, los pandilleros, incluso el *súper* con una pala...

—Cariño, los gatos, en el fondo, son animales salvajes. Saben cómo sobrevivir. —Lila se acercó a la ventana y me sostuvo las manos entre las suyas—. Dame un abrazo. Verás como te esperan cosas buenas. Te lo prometo, Piddy.

Capítulo 3

La llave se ha trabado en la cerradura. En la otra casa, Lila siempre tenía una llave extra en caso de emergencia. Aquí soy yo la que tiene que resolver el problema. Hace tanto frío que me corre la nariz y tengo las manos congeladas. Tardo cinco minutos, dándole vueltas a la llave de un lado a otro, hasta que finalmente cede.

La señora Boika me observa sentada cerca de la ventana de su cocina como si yo fuera una ladrona. Si no es porque parpadea todo el tiempo, pensaría que es una momia, como la perrita chihuahua de una clienta de Lila, que tiene ojos de cristal y todo.

Las escaleras que conducen a nuestro apartamento están al lado de la puerta lateral de la casa de esa vieja bruja. Me aguanto para no darle una patada a la puerta.

—Hola, señora Boika —digo a través de la puerta para darle una lección, pero no me responde.

Subo los escalones y abro la puerta. Por supuesto, no hay nadie en casa. Es viernes y mami trabaja hasta tarde en Attronica. Trabaja en el departamento de embarque, y cargar los televisores de pantalla plana está acabando con su espalda. Esta noche tendré que frotarle ungüento de yodo hasta que el olor invada toda la casa y las manos me queden aceitosas. Si esto no es una vida patética, no sé qué lo será. Ni siquiera puedo llamar a Mitzi para contarle lo que pasó en la escuela y conocer su opinión. Está en casa de su prima en Nueva Jersey hasta el sábado. Le mando un mensaje por teléfono:

«*Mi trasero me ha traído problemas*».

«*¿¿¿Qué trasero??? Llámame el sábado por la tarde. Tengo que salir ahora*».

Hay cajas medio vacías por todas partes y las empujo con el pie para abrir camino hasta llegar a la cocina. Mami y yo desempacamos algo todos los días, pero parece como si las cajas se multiplicaran por la noche y nunca terminamos. ¿Quién hubiera pensado que fuera posible acumular tanta basura?

Y lo que es peor: las cajas no indican por fuera lo que contienen. Ese era el trabajo de Lila y, conociéndola, deberíamos haberlo sabido. Simplemente se distrajo y se olvidó. «No puedo pensar cuando estoy triste», se excusó. Ahora cualquier caja que abrimos es una sorpresa. Cuando buscamos algo específico, agarramos una cuchilla, empezamos

24

a abrir cajas y a rebuscar como si estuviéramos en un mercado de pulgas. Hace dos noches encontré mis discos compactos junto con mi abrigo de invierno en una caja en el baño. Mami encontró la tetera en su dormitorio.

Cojo unos cereales de la cocina y me dirijo a mi cuarto, absorta en la música que sale de mis casquitos. Todavía me llega el olor a pintura fresca y a *spray* de cucarachas, cortesía del dueño. Abro la ventana, la sostengo con una regla de madera y me echo en la cama. Es lo único que tengo, además de una vieja cómoda que mami y Lila consiguieron en el Ejército de Salvación.

No puedo quitarme a Yaqui Delgado de la cabeza. Muchas chicas mueven el trasero. ¿Cómo puede ser esa una razón para que alguien te odie? ¡Qué barbaridad!

Subo el volumen de la música para olvidarme de Yaqui y agarro mi cuaderno, pero, como es de esperar, no puedo encontrar ningún bolígrafo para hacer la tarea. Estoy segura de que hay más de uno en estas cajas. ¡En busca del tesoro escondido!

Las cajas están todas amontonadas unas sobre otras encima del piano. En realidad, allí no estorban. Mami es la única que toca el piano y nunca tiene tiempo. Sin embargo, le dio cincuenta dólares extras a los de la mudanza para que lo subieran por las escaleras hasta el segundo piso.

—Si no tocas, ¿para qué vamos a cargar con él? —pregunté.

—Un piano le da cierta elegancia a una casa —me contestó.

Abro una de las cajas que están junto a los pedales del piano, pero contiene carteras y zapatos viejos de mami, incluso un bolsito de noche con cuentas que nunca había visto antes. La otra caja contiene todo tipo de facturas cuidadosamente dobladas y guardadas en fundas de plástico: es el sistema de contabilidad de mami. Y también encuentro una caja con fotografías. De momento, no las toco. Cuando miro fotografías viejas siento una extraña sensación, pero no es de nostalgia. A la mayoría de la gente le gusta ver fotografías viejas, pero yo me siento un poco perdida y confundida. Con todo lo organizada que es mami, nunca ha logrado encontrar un buen sistema para ordenarlas. Las fotografías son una manera de contar tu historia, pero la nuestra no parece tener un orden. Me decido a meter la mano hasta el codo y saco una. Es una foto de mami y Lila brindando con un refresco ante la cámara. Se ven jóvenes y sonrientes. Te das cuenta de que son buenas amigas. Meto el brazo nuevamente y saco otra: es de Mitzi y yo, en la clase de la señora Resnick, las dos sonrientes, pero a mí se me ven dos dientes de conejo. Estamos de pie delante de nuestro diorama, el mejor de la clase. Saco otra foto y estamos mami y yo, bajo una sombrilla, en la playa de Rockaway, junto a los Ortega. Saco otra más y es una foto de cuando yo era bebé, sentada

26

en mi sillita de comer y con la cara toda embarrada de tamales.

Continúo con este juego un buen rato; casi ha anochecido cuando me levanto y logro estirar las piernas. Si mami supiera lo que he estado haciendo, seguro que se enojaría. «¿Qué buscas?», me retaría, aunque lo sabría de sobra: una fotografía de mi papá. Mami y Lila se aseguraron, con la ayuda de un mechero, de que no quedara evidencia alguna. Puedo excavar hasta llegar a China y no encontrar ni una sola foto. Es como si él nunca hubiera existido.

Cierro la caja y la empujo hacia un rincón. Dejo caer mis dedos con fuerza sobre las teclas y grito:

«¡Señora Boika! ¿Le gusta la melodía?».

Los bolígrafos, ahora que recuerdo, los vi en la caja de detergentes, en el cuarto de baño.

—El problema no es tu trasero. Te apuesto lo que quieras a que es por un chico —dice Mitzi, agarrando una blusa del perchero.

Es domingo y estamos en la tienda. Ella tiene treinta dólares para mi regalo de cumpleaños: unos aretes de elefante y, si le sobra dinero, una blusa para ella.

—Estoy cansada de llevar el uniforme y apenas estamos en octubre —murmura colocando la blusa en el perchero nuevamente.

Tan pronto como se bajó del autobús N16 esta

mañana, le conté lo que Vanesa me había dicho a la hora del almuerzo. Incluso caminé delante de ella para que me dijera la verdad sobre mi forma de caminar. En la escala del uno al diez, me puso un siete por la forma de mover el trasero.

La miro fijamente y arrugo el ceño.

—¿Qué quieres decir con eso?

—¿Sabes lo que es llevar medias de poliéster hasta las rodillas todo el día?

—No me refiero a eso. ¿Qué quieres decir con que es por un chico? No conozco a ningún chico.

—No me vengas con ese cuento. Eso es lo que *tú* piensas. —Y noto un tono de reproche en su voz. Ningún chico ha mirado a Mitzi a los ojos en años; las miradas se posan directamente en su pecho—. Te apuesto lo que quieras a que su novio se ha fijado en ti o algo parecido. Y si es así, puedes darte por muerta.

—¿Y qué culpa tengo yo? Si ni siquiera sé quién es ella.

—Pues averígualo.

—¿Cómo? ¿Espiándola?

—Exactamente.

—¿Cómo puedo hacer una cosa así?

Mitzi me mira fijamente y mueve la cabeza de un lado a otro.

—¡Por favor, Piddy! Usa tu cerebro, que para eso lo

tienes. —Agarra otra blusa y la alza. Es ancha y amplia, como a ella le gusta—. ¡Esta me encanta!

Compartimos el probador. Yo me pruebo un vestido azul apretado con un diseño africano y ella la blusa que ha elegido. Pienso en los chicos de la cafetería. A lo mejor Mitzi tiene razón. Quizá alguno de ellos se ha fijado en mí. Cosas más extrañas que esa han sucedido.

—¿Te gusta? —le pregunto saliendo del vestidor y dando vueltas frente al espejo. No es un vestido de niña, eso es seguro. Mami se me quedaría mirando y diría algo como: «Demasiado corto e indecente».

—Perfecto —dice Mitzi.

Nos acercamos a la caja para pagar y el dependiente, sonriente, nos pregunta:

—Jovencitas, ¿encontraron todo lo que buscaban?

Es bastante mayor, tendrá unos treinta años más o menos, pero es guapo. Mitzi se sonroja y baja la vista.

—Sí, muchas gracias —le digo.

Mitzi me agarra del brazo y salimos de la tienda con nuestras compras. El dependiente se despide con la mano.

—¡No hay duda del poder arrollador de tu nuevo trasero! —dice Mitzi sonriendo.

Le doy un codazo, y muertas de risa salimos a la calle.

Capítulo 4

Leí en algún lugar que un matemático afirmó que podía resolver ecuaciones difíciles mientras dormía. Aseguraba que su subconsciente podía solucionar problemas que no lograba resolver despierto.

No es que yo sea un genio, pero pienso que mi cerebro funciona de la misma manera.

El lunes, cuando me despierto, ya tengo el plan perfecto para averiguar quién es Yaqui Delgado.

—¿Adónde vas tan temprano? —me pregunta mami en el momento en que me pongo la sudadera para salir a la calle—. Te hice huevos.

—Al colegio —le digo mostrándole una barra de cereales que encontré en la alacena—. Tengo una reunión del club.

A mami se le ilumina la cara y, de repente, me siento mal por haberle mentido. La verdad es que los únicos estudiantes que llegan temprano al colegio son los que reciben el desayuno gratis. Yo, por supuesto, no me quedaría ni un minuto más de lo necesario en ese colegio. Pero en este momento me conviene que mami crea que voy a un colegio como el de Mitzi, donde prácticamente todo el mundo vive allí.

—¿De qué club? —pregunta.

—De la biblioteca —digo, y salgo por la puerta para evitar que me haga más preguntas.

Cuando llego no hay casi nadie en el patio de la escuela, excepto unos cuantos chicos cerca de la valla. Reconozco a un par de ellos de la mesa latina. Apresuro, en vano, el paso para que no me vean.

—¡Mueve esas caderas, mamita! —grita uno de ellos haciendo gestos con las manos. Me dan ganas de volverme y hacerle un gesto feo con el dedo, pero apresuro el paso y subo los escalones de dos en dos.

La biblioteca está desierta, como siempre. Las pocas veces que veo chicos allí es cuando van con sus profesores, y recorren las estanterías como zombis. Me dirijo a la sección de referencia buscando mi objetivo. Si no tuviera prisa, me quedaría a hojear los libros; de hecho, me gustan las bibliotecas; no precisamente esta, sino las majestuosas, como la Biblioteca Pública de Nueva York de la calle 42, decorada en mármol y madera, y que no cuesta nada. Cuando Mitzi y yo estábamos en primaria, la señora Resnick nos llevó a visitar la Biblioteca de Nueva York para escuchar la hora del cuento. Cuando terminamos, nos sentamos en la escalinata, cerca de los leones, a comer *pretzels*. Recuerdo que tiré migas a las palomas. Pero lo que más me impactó fueron las lamparitas de las mesas y ese silencio absoluto que hacía resonar las suelas de nuestras zapatillas cuando caminábamos por las salas de lectura, con el dedo índice sobre nuestros labios, en señal de silencio. Recuerdo que la señora Resnick nos dijo: «En un lugar como este pueden encontrar toda la información que buscan».

Veremos.

—¿Puedo ayudarte? —Me sobresalta escuchar la voz de la bibliotecaria. Me vuelvo despacio y me encuentro con una señora pequeña que me mira por encima de sus lentes. Ella, a su vez, parece sorprendida de encontrar a un ser vivo. A lo mejor piensa que soy un espíritu.

—Estoy mirando —digo, y desaparezco por el siguiente pasillo.

No tardo mucho tiempo en encontrar lo que busco. Está en una de las estanterías de arriba, en la sección de referencia. Es la colección de las memorias anuales de la escuela desde 1960. Agarro el último anuario, lo meto debajo del brazo y camino hacia el escritorio que está a la salida.

—Lo siento, pero los anuarios no se pueden sacar de la biblioteca —me explica la bibliotecaria fijando sus ojos de águila en las palabras claramente estampadas en la tapa del anuario: «NO SE PERMITE SACAR DE LA BIBLIOTECA».

De repente, se me enciende la bombilla y digo:

—Lo siento. Soy nueva en la escuela. La señora Gregory de la consejería me dijo que lo pidiera prestado para ver si hay alguna actividad extracurricular que me pudiera interesar. Creo que hay un club audiovisual, ¿verdad?

No hay duda: soy un genio.

—¡Todos a sentarse! Tenemos mucha materia que cubrir —dice la señora Shepherd entrando como un bólido a la clase, con un lápiz enganchado en la oreja y una carpeta llena de papeles para corregir. Si la comparas con el resto del profesorado de DJ, es buena. Le gusta decorar su aula como si estuviéramos en primaria y nos trae golosinas los viernes. Dice que para ella somos «como un rayo de sol».

Me siento en la última fila, cerca de la ventana, lo suficientemente lejos de ella como para pasar desapercibida. Últimamente es mi puesto favorito en todas las clases, a diferencia de Darlene, que le gusta sentarse en primera fila, desde donde puede ver lo que la maestra anota en su cuaderno. La señora Shepherd escudriña la clase. Hoy toca entregar los trabajos sobre *Julio César*. Mitzi me ayudó a coser mi toga antes de irse a su casa el domingo. Trenzamos una corona con hiedra de seda plástica.

—¿Quién quiere ser el primero?

Me escurro en el asiento mientras la señora Shepherd selecciona al primer voluntario: (adivinen quién) Darlene. Ha escrito una trágica carta de suicidio de Porcia a Brutus y la lee dramatizando su voz con lágrimas de cocodrilo y todo.

Confío en que la señora Shepherd no me escoja a mí hoy. Por más que trato de pasar inadvertida, ella me hace preguntas todo el tiempo. La semana pasada no se me ocurría nada para el ensayo que tenía que hacer, hasta que me acordé del decrépito perro bóxer de nuestro antiguo edificio, cuyo dueño, el inquilino del 1D, es un veterano de la guerra de Irak y se parece físicamente a Jesucristo. A la señora Shepherd le gustó lo que escribí. Hizo varios comentarios en los márgenes y leyó en voz alta la parte en la que el bóxer sale a la calle, se mueve de un lado a otro sobre sus achacosas patas y olfatea el aire como tratando de recordar mejores tiempos. Casi me muero. No es que no me agradara el hecho de que le gustara lo que escribí, pero no se daba cuenta de que se me subían los colores a la cara y de que quizá ya era el momento de leer otro trabajo. Es un hecho: ser nueva en la escuela y llamar la atención de la maestra automáticamente te convierte en enemigo público número uno. ¿Qué ganaría con eso? Me acusarían de ser una sabelotodo y una engreída. Es mejor ser parte de la manada (la sabiduría de los elefantes nunca falla).

Miro nerviosamente el reloj de la pared rogando que no me pregunte. Aunque me sé el discurso de Brutus de memoria, ahora tengo otras cosas más importantes en la cabeza, como Yaqui Delgado. Por suerte, muchos chicos levantan la mano, así que me quedo tranquila hojeando las páginas del anuario que tengo en el regazo, mientras me rodea el zumbido de voces del aula. Termina una presentación y comienza otra, pero yo apenas presto atención. Algunos alumnos han traído artículos que han escrito sobre el asesinato de Julio César. Un chico hizo un diorama; pienso que un poco de ayuda de parte de Mitzi y mía no le hubiese venido mal. Ha pegado figuras del Lego con plastilina y las columnas están hechas de polietileno. Se excusa alegando que se le dan mejor las matemáticas que el arte.

Darlene está furiosa. Me sobresalto al escuchar su voz:

—¿Cómo es posible que se acepte un trabajo como este? —pregunta—. Cualquiera puede colocar unas figuras sobre plastilina. ¡Yo hice eso en segundo grado de primaria!

—Darlene, cada cual tiene su propia vena artística. Noto que la cara de la señora Shepherd se contrae por los comentarios de Darlene.

—¿Alguien más?

Sally Ngyuen se levanta y va hacia el frente de la clase. Me dispongo a seguir hojeando el anuario cuando reparo en algo en lo que no me había fijado antes.

La palabra «zorra» está garabateada en mi pupitre. No sé por qué, pero el corazón me da un vuelco; no es como el resto de grafitis y mensajes que inundan el colegio. Por ejemplo, la butaca J-8 del auditorio. La semana pasada, durante la asamblea *Alcanzar la Cumbre,* me enteré de que en el brazo de la butaca puedes ver la imagen, un poco gastada, de un pene. A nadie le gusta sentarse en esa butaca cuando hay asamblea, porque te conviertes en el hazmerreír del colegio. Y si no, pregúntale a Rob.

Me senté en este pupitre y ni siquiera me había dado cuenta. Tapo la palabra con la carpeta para que nadie la vea, pero tengo la impresión de que todos en la clase lo saben y de que el mensaje, en realidad, va dirigido a mí. Es lo que Yaqui me llamó, ¿verdad? ¿Tendrá espías en el aula? ¿Me estará acechando *ella* a *mí*? Echo una mirada por toda la clase para ver si veo a alguien sospechoso, pero las expresiones solo delatan una total apatía.

Abro el anuario y paso las páginas tan rápidamente

como puedo: club de baloncesto, ping-pong, arte, drama. Miro la tapa para asegurarme de que no es un error. El colegio de este libro no se parece en nada al que yo voy todos los días, donde tres de cada diez estudiantes no se graduarán. No muestra esa sensación de vacío que se respira por todas partes; los baños a los que no me atrevo a entrar o la mirada perdida que se refleja en los ojos de los estudiantes al entrar o salir de clase.

Paso las páginas frenéticamente, señalando con el dedo cada línea, hasta que finalmente la encuentro.

Yaqui Moira Delgado. ¿Moira? «Vaya nombre», pienso con satisfacción.

Es delgada, de ojos pequeños y lleva el pelo recogido en un moño. Mira fijamente a la cámara, la cabeza ligeramente ladeada, en una ridícula pose fotográfica. Podría decirse que es bonita. Me fijo con cuidado tratando de memorizar su rostro gris de dos pulgadas. Ahora que me acuerdo, se sienta en la mesa con las otras latinas.

«Te odio», parecen decir sus ojos.

—Piddy, baja de esa nube.

La señora Shepherd me mira por encima de los lentes, mientras que en la clase reina un silencio absoluto. Se sonríe con esa manera peculiar que tiene y me doy cuenta de que ha estado pronunciando mi nombre repetidas veces. Deslizo el anuario bajo el pupitre y me enderezo.

—Lo siento.

Demasiado tarde. Está de pie, cerca de mi pupitre, y mira fijamente a mi regazo.

—¿Qué guardas ahí?

Me ruborizo.

—Nada.

Se acerca más con la mano extendida.

—Es solo el anuario del colegio —digo entregándole el libro—. Buscaba... —continúo apenas en un susurro.

La señora Shepherd guarda el libro bajo el brazo. La clase entera se ha dado la vuelta para verme, y se me hace un nudo en el estómago.

—¿Estás lista para presentar tu trabajo? —Me doy cuenta de que me ha dejado para el final, como el postre.

Tengo las manos frías y agarrotadas. El reloj indica que faltan solo siete minutos para que suene la campana y salir al pasillo donde es posible que Yaqui Delgado me esté esperando.

—¿Piddy? —dice la señora Shepherd—. ¿Estás lista?

Me quedo lívida. Escondo el disfraz debajo de mi pupitre. No sé si es miedo escénico, sobrecogimiento por el insulto en mi pupitre o el hecho de que, de repente, Yaqui es algo real.

Abro la boca, pero no me salen las palabras. Muevo levemente la cabeza mientras con mis dedos busco mi cadena. El elefante se balancea de un lado a otro.

—Tengo una daga —se escucha una voz al otro extremo del aula.

La señora Shepherd se vuelve bruscamente en un momento de pánico. Ve a Rob de pie. Este saca la daga de su mochila y se la muestra.

—Es de papel de aluminio, lo juro —dice—. Puedo presentar mi trabajo si me lo permite.

Todos se echan a reír. ¿De Rob? ¿De mí? No estoy segura.

—¡Vaya, qué gracia, Rob! —dice la señora Shepherd ya más calmada—. ¡A callar todos!

Se vira hacia mí y anota algo en su cuaderno, mientras que Rob se coloca al frente de la clase.

—Ven preparada mañana o tendré que ponerte un cero —susurra—. No quiero hacerlo porque afectaría tu nota final.

Miro a lo lejos fingiendo que no me molesta haberla decepcionado. La verdad es que nunca me han puesto un cero. Desde no sé cuándo, quizá desde tercero de primaria, siempre he quedado en segundo lugar para ser «Estudiante del Año» (Mitzi siempre ganaba). Mami tiene todos los diplomas de honor dentro de una carpeta junto con otros papeles importantes.

La noticia del cero me ha tomado por sorpresa. Me siento un poco avergonzada, pero a la vez desafiante, especialmente ante Darlene y los otros estudiantes que me miran fijamente.

Rob está al frente de la clase y se traba con cada línea que lee; mata el soliloquio, peor de lo que Brutus hizo con César. Alza la daga y asesta un golpe en el aire. Si no fuera porque conozco la frase que dice a continuación, juraría que me habla a mí directamente:

«¡Oh, juicio! *Huido has entre fieras ignorantes que los hombres han perdido la razón...*».

Aprieto el elefante con fuerza. Solo consigo pensar en los ojos de Yaqui Delgado, en qué clase de capa usa y con qué daga me atravesará.

Capítulo 5

—¿Te has vuelto loca? ¿Cómo se te ocurre coquetear con Alfredo? —Darlene me acorrala contra mi taquilla. Me llega el olor a frutas del chicle que mastica. ¿Es que quieres morirte o qué te pasa?

—¿Alfredo? ¿Qué es lo que pasa en este lugar y además siempre con personas que ni siquiera conozco? No hay ningún chico que me guste.

Bueno, es una mentira mayúscula. Es cierto que no tengo idea de quién es Alfredo, pero me gusta el señor Grandusky, el joven asistente del profesor de Historia Universal. Lleva lentes a la última y una corbata de *SALVAR A LOS ELEFANTES*. Una vez, cuando me preguntó: «¿Qué define una revolución?», casi me desmayo.

Darlene se cruza de brazos.

—Bueno, me dijeron que te vieron esta mañana hablando con Alfredo en el patio del colegio. Y, por si no lo sabes, Alfredo es el novio de Yaqui Delgado de toda la vida.

—Yo no hablé con *nadie* en el patio. —Pero entonces me acuerdo de los dos chicos que me silbaron y se me hace un nudo en la boca del estómago.

—Tienes cara de culpable —dice Darlene.

—En absoluto. Estoy de mal humor. —Y cierro de un golpe mi taquilla.

Darlene mueve la cabeza de un lado a otro.

—No hay por qué preocuparse —digo con firmeza—. Jamás he hablado con Alfredo. Y ahora vámonos o llegaremos tarde a clase.

—¿Qué? —grita Mitzi por teléfono—. Habla más alto. Estoy en el gimnasio.

Está en un partido de bádminton, y yo, en la lavandería de la esquina. Intento ponerla al día de lo que ha ocurrido hoy en el colegio.

De verdad que no lo entiendo. A Mitzi nunca le han gustado los deportes, hasta ahora. A menos que yo fuera la capitana del equipo, la seleccionaban a última hora, con excepción del certamen de ortografía, desde kínder. Debería alegrarme por ella, pero no es así. A decir verdad, me siento molesta. Me parece tonto ese juego con esas ridículas raquetas.

—¡Es un chico! ¡Tenías razón! —grito.

—¿Estás en Corazón? —pregunta ella.

—Olvídate. Hay mucho ruido. Llámame cuando llegues a casa.

Cuelgo y me quedo observando la ropa enjabonada que da vueltas dentro del tambor de la lavadora. Ahora mami trabaja más horas en Attronica y me toca a mí lavar la ropa.

«¿Qué? ¿Que tienes cosas más importantes que hacer? —dijo mami cuando le reclamé que ya yo me encargaba de preparar la cena—. Piedad, yo trabajo duro para no morirnos de hambre. Eso es lo menos que tú puedes hacer».

En casa de Mitzi lo de la subsistencia no es un tópico de conversación. Sus padres son un poco anticuados, algo aburridos y simples. Su papá trabaja en una clínica, su mamá atiende la casa y siempre que puede, trabaja de voluntaria. Cada uno tiene su responsabilidad, a excepción de Mitzi, que solo estudia. Y eso me molesta también. ¿Cómo sería mi vida si mi papá viviera con nosotros? Más llevadera, seguro, como la de ella.

Cuando era pequeña, me entretenía con un juego que llamaba «¿Quién es papi?». Podía jugar en todas partes: en el supermercado, en el autobús, en la calle. Veía a un hombre y me imaginaba que era mi papá disfrazado, que me seguía a corta distancia. Me imaginaba que se presentaba y me decía: «¡Piddy! ¡Cuánto lo siento! No he dejado de pensar en ti en todos estos años».

Un día, cuando estábamos de compras para la vuelta al colegio, casi sigo a un hombre, jugando a que era mi papá, hasta la sección de caballeros de la tienda. «¿Adónde vas?», me preguntó mami lanzándome una de sus miradas y sacándome rápidamente del lugar.

Cuando la máquina de lavar para, me doy cuenta de que uno de los tirantes de mi sostén se ha enredado tanto en el eje de la lavadora que prácticamente tengo que meter medio cuerpo dentro para poder desenredarlo. Me olvidé de seguir la regla de oro de mami con respecto a nuestras prendas personales. Debo admitir que ella *casi siempre tiene razón*, y pensar en eso me da más rabia todavía.

La encargada levanta la vista del periódico y pregunta:

—¿Pasa algo?

—No, nada —balbuceo.

Al final no separo la ropa, sino que agarro el bulto completo y lo meto en la secadora. Echo más monedas y confío en que la ropa se seque.

Abro el libro de Historia para estudiar, pero es imposible, aun cuando trato de contestar en mi mente las preguntas de Grandusky: «¿Qué constituye una revolución? ¿Quién es responsable de un alzamiento?».

Fijo la vista en la secadora y me quedo absorta en mis pensamientos, que dan vueltas como la ropa.

¿Qué significa coquetear? ¿Qué significa hablar con una persona? ¿De quién es la culpa de mi fracaso social?

44

Capítulo 6

Dos días más tarde, en la cafetería del colegio, aprendo un nuevo juego.

Lo aprendo de Yaqui Delgado.

Se llama «bola rápida» y se juega cuando los profesores no están mirando. No es un deporte que se mencione en el anuario del colegio, pero es real.

Dos grupos de jugadores: la mesa donde almuerzo contra un enemigo invisible. Equipo de juego: un envase de cartón de leche con chocolate y una pared de ladrillo. No tienes que pedir turno para jugar o esperar con humillación a que te seleccionen. De hecho, si te seleccionan primero, considérate desafortunada.

Darlene está enfrascada en una discusión sobre el examen de Física que nos han puesto por sorpresa cuando, de repente, vuela por el aire, como un proyectil, un cartón de leche con chocolate. Choca contra la pared, justo detrás de donde me siento, y explota. Cada genio de mi mesa está empapado de leche. Por un segundo nadie se mueve. A Rob parece que le corrieran lágrimas de chocolate por la cara. Darlene, chorreando, mira sorprendida sus manos a través de sus empañados lentes. La gente señala nuestra mesa; algunos chicos que se sientan cerca de nosotros y que también se han visto salpicados nos maldicen al salir de la cafetería.

Examino las caras borrosas tratando de identificar al lanzador de la bola rápida del día, aunque sé exactamente quién ha sido. La mayoría de las chicas de la mesa latina nos da la espalda. Todas menos una.

Yaqui.

La reconozco inmediatamente por la foto del anuario. Su rostro no se inmuta cuando nuestras miradas se encuentran. Está sentada al lado de Alfredo. Me mira de arriba abajo y se da la vuelta lentamente.

Mientras tanto, la señora Posey, encargada de mantener el orden en la cafetería, llega jadeando antes de que logre ponerme de pie. Leche de chocolate corre por las paredes y por la mesa hasta caer al suelo. Observa el cuadro con indignación.

—¿Quién ha hecho esto? —Nos mira como si nosotros fuéramos los culpables. Estamos tan sorprendidos que nadie es capaz de contestar—. ¡Conserje! —grita por el *walkie-talkie*—. Conserje, ¿me oye?

Me hace una señal para que no me levante:

—No te muevas. Que nadie se mueva.

Hago un gesto grosero con el dedo debajo de la mesa. Leche de chocolate me corre por la blusa y los vaqueros hasta la ropa interior.

El conserje usa un trapeador mugriento para limpiar el piso. Se llama Jason, y por el acné que tiene en el cuello se ve que es muy joven. Trato de no mirarlo mientras limpia. Tampoco miro a los chicos que están en la cafetería, señalándonos, muertos de risa. Mi pelo chorrea leche. Soy el hazmerreír de todos.

—Levanten los pies —dice el conserje.

Sé lo que está pensando mientras pasa el trapeador por el piso: somos el blanco perfecto. Débiles. Ser débil equivale a ser el blanco de todos, a que te odien y abusen de ti.

Cierro los puños con fuerza. Quiero darle un puñetazo a alguien. Rob permanece inmutable, como si su espíritu hubiera abandonado su cuerpo y no quedara nada.

Darlene busca en su bolsa la camiseta de rayas de su conjunto de gimnasia.

—Se me ha estropeado la blusa —dice furiosa—. Tan cara..., y encima ahora con esta camiseta voy a parecer un payaso.

La sujeto por un brazo antes de que se vaya.

47

—¿*Qué?* —salta.

Mi voz es casi un gruñido.

—Necesito saber más de Yaqui Delgado.

Darlene hace un movimiento de cabeza y pone los ojos en blanco.

—¡Caray! ¿*No te basta?*

Capítulo 7

Camino aturdida de regreso a casa. Mi blusa huele a vómito de bebé y tengo el pelo tan pegajoso que no puedo ni pasarme el peine. De niña la leche con chocolate me encantaba, pero con esto ese recuerdo se ha arruinado para siempre.

—¡Hola!

Alzo la vista y me sorprendo al encontrarme delante de mi viejo edificio. Puse el piloto automático y ni me enteré. Soy uno de esos elefantes africanos que por mucho que se alejen, siempre encuentran el camino de regreso a casa.

Joey Halper está sentado en los escalones de la entrada saboreando una paleta helada a pesar del aire frío de octubre que se cuela por mi chaqueta. Me sonríe con esa forma tan particular suya. Lleva un nuevo corte de pelo: completamente rapado, como los presos. Quiere dar la impresión de ser un granuja, pero no lo consigue. Incluso el día en que la patrulla lo trajo a casa por robar en una tienda, tenía aspecto más bien de niño asustado; hasta me pareció que lloraba. Nunca le mencioné este incidente. No acostumbro a preguntarle cosas. Lleva el pelo tan rapado que te dan ganas de pasarle la mano por la cabeza, aunque nunca me atrevería. Ha pasado mucho tiempo desde que Joey y yo nos sentábamos a mirar las orugas que caminaban por las ramas.

—¡Hola! —respondo.

Me mira de reojo, posiblemente sorprendido por el aspecto que tengo, pero no dice nada.

—¿No te habías mudado? —pregunta.

—Veo que estás enterado.

A través del cristal de la puerta puedo ver la escalera todavía dañada. Una rampa de madera cubre los escalones. Una cinta de plástico amarilla con la palabra «PELIGRO» rodea la escalera como si señalara la escena de un crimen.

—¿Aún no han arreglado la escalera? —pregunto.

Se encoge de hombros.

—¿Y eso qué importa? Pero te recuerdo que me debes cinco dólares. Yo gané la apuesta. Los dos sonreímos. El día antes de que la escalera se desplomara, Joey y yo nos deslizamos por ella como surfistas.

«Cinco dólares a que no dura ni una semana», había dicho balanceándose. Fue como cuando éramos niños, antes de que mami decidiera que él era mala compañía y me prohibiera ir a su casa. Debí imaginarme que alguien como Joey podría con seguridad predecir una catástrofe, dada su experiencia en estas cosas. Su padre bebe mucho, y cuando esto sucede, explota. Para Joey predecir una catástrofe es ya una ciencia.

—¿Y qué te trae por aquí? —pregunta dándole un mordisco a la paleta—. ¿Acaso me echabas de menos?

Me sonrojo. Es guapo, incluso para un futuro convicto. Mitzi piensa lo mismo. Su pregunta me agarra por sorpresa y no es la primera vez. Recuerdo una vez que me dijo: «¿Qué es peor, no tener padre o tener un padre borracho como el mío?».

—Bueno, contesta.

Me siento incómoda por su insistencia y por el aspecto que tengo. Pienso rápidamente y le señalo la hilera de los buzones de correo.

—Vine a ver si había llegado alguna carta para nosotras.

Suelta una carcajada. Uno de sus dientes delanteros tiene una pequeña cisura, que le da cierto atractivo.

—Pero, Rana, no me digas que hay gente que te escribe...

—No te hagas el gracioso. Y a ti, aparte del agente encargado de casos juveniles, ¿te escribe alguien más?

—¡Croac, croac!

Vaya bienvenida.

Paso a su lado y toco el timbre de la casa de Lila.

Siento su mirada en mi espalda o quizá en mi trasero, me da igual.

—¿Quién es? —se escucha la voz de Lila.

—Soy yo, Piddy. Por favor, déjame entrar —hablo por el intercomunicador. Se me hace raro no vivir aquí, no tener mi propia llave para entrar. Me dispongo a decírselo a Joey, pero cuando me viro, ya no está.

El televisor se escucha a todo volumen. Lila es adicta a las telenovelas y *El diablo y el amor* es su preferida. De lunes a viernes, todos los días, a las tres de la tarde.

Lila sopla el esmalte de uñas que se acaba de aplicar y me hace una señal desde la sala para que entre.

—¡Apúrate! ¡Has llegado a tiempo! —dice—. Creo que va a recobrar la vista hoy.

En la televisión, Yvette, la heroína de la telenovela, está en la cama de un hospital con los ojos vendados. Está rodeada por su esposo y su suegra, quien secretamente ingenió el accidente algunos episodios atrás. En un minuto se armará el lío, exactamente como a Lila le gusta, con llanto, gritos y amenazas. Dejo mis cosas sobre la mesa y me dejo caer en el sofá, no muy cerca de ella para que no le llegue el mal olor. Qué bien se siente estar en casa de nuevo.

Lila me acerca un plato sin decir nada. Es nuestra merienda habitual: galletas de soda con paté de salchichas de Viena. Puro veneno, según mami. Me meto una galleta en la boca y me quito los mugrientos zapatos.

Cuando ponen los anuncios, Lila se vuelve hacia mí.

—¿Te gusta? —Me muestra unas uñas perfectas, en forma de almendra. Se las ha pintado de negro con puntitos rojos—. Llamativas, ¿no? Es uno de los colores de este otoño.

Sobre la mesa de la sala hay un montón de bolitas de algodón embadurnadas con pintura roja. La combinación del olor de la acetona con el paté y la leche cortada es horrible. Me aparto un poco.

—¿Te llegó nueva mercancía? —le pregunto.

Agarra una galleta de mi plato con la yema de los dedos y se la lleva a la boca.

—Sí, llegó esta mañana. Tenemos una oferta especial, señorita Sánchez —me dice Lila con su voz de vendedora profesional. Le gusta practicar conmigo antes de gastar los tacones de sus zapatos tocando puertas. Este esmalte ahora solo cuesta 3.99 dólares; su precio normal es de cinco dólares.

Trato de imaginarme a las señoras del barrio con uñas de vampiro negras y rojas. Pienso que a Joey Halper le quedarían mejor que a ellas: unas uñas pintadas de negro serían el complemento perfecto a sus tatuajes. Pobre Lila. Creo que mami tiene razón cuando dice que ella misma es su mejor cliente.

—¿Qué le pasó a tu blusa? —dice tapándose la nariz—. ¿Y a los vaqueros?

Tengo una mancha que parece una explosión de chocolate en la pierna derecha del pantalón.

—Una pelea en la cafetería del colegio —miento—. ¿Cuáles son los nuevos productos?

—Mira tú misma —dice fijando su atención en la televisión—. Pero no te lleves todas las muestras como la última vez.

Su maletín de Avon está abierto a sus pies y no pierdo el tiempo en rebuscar. Siempre nos referimos al maletín como el «cofre del tesoro». Y buscar dentro me trae recuerdos de cuando era pequeña. Es un maletín pasado de moda que parece a prueba de balas. Negro y resistente por fuera. Lila podría conseguir un modelo más nuevo, pero a ella le gusta este. Dice que es perfecto para llevar los productos sin que se rompan.

Saco un pequeño frasco con la forma de una niña con una falda de vuelo. Si le das un par de vueltas, lo puedes destapar por la cintura. Lo abro y de la falda sale un fuerte olor a jazmín.

Cuando se termine el perfume, Lila colocará el frasco con el resto de las botellitas decorativas que adornan el alféizar de su ventana. Geishas disecadas, rosas, un montón de objetos desechables, pero que no se atreve a tirar.

Aumenta el volumen de la música de fondo y alzo la

vista justo en el momento en que a Yvette le quitan el vendaje. Los ojos de Lila se agrandan con la escena, aguanta la respiración, me aprisiona la rodilla pegajosa. Incluso yo no puedo apartar la vista del televisor.

La cámara enfoca la cara de Yvette, que milagrosamente recupera la vista. Luego pasa a la cara de la suegra y después a la del esposo ingenuo. Y, de repente, los anuncios.

—¡Maldita sea! —dice Lila empujando la mesa de la sala con el pie—. Ahora tendremos que esperar para que esa sinvergüenza reciba su merecido.

—Tranquila, si ya sabes lo que va a pasar.

Me echo perfume en la muñeca y aspiro. Huele mejor que la leche cortada. Además, me recuerda las tiendas elegantes de ropa donde puedo mirar, pero no comprar. Me guardo algunas muestras en el bolsillo.

—Va a terminar como todas las telenovelas. Al final, todos felices.

Hace un movimiento con la mano, y no estoy segura de si es porque no está de acuerdo conmigo o porque no aguanta la peste.

—¿Qué importa? De todas formas, la felicidad no es igual para todo el mundo. Eso es lo interesante. Mira al reloj de pared, con plumas de pavo real alrededor, y luego me mira a mí. Me coloco el pelo detrás de las orejas, pero de nada sirve. Tengo un aspecto lamentable, y ella lo sabe.

—¿Mami está trabajando horas extras otra vez? —pregunta.

Asiento con la cabeza. Este fin de semana hay una venta especial. Las horas extras le permitirán cubrir en parte los gastos de la mudanza. No regresará a casa hasta las nueve, así que no tendré que esquivar sus preguntas o mentirle sobre mi ropa, pero en realidad tampoco me apetece estar sola en casa.

—¿Me puedo quedar un rato más?

Lila sonríe. A ella le encanta tener compañía.

—¡Estupendo! Tendremos suficiente tiempo.

—¿Para qué? —pregunto.

—Para emperifollarnos. —Me lleva hasta el cuarto de baño y trae una silla—. ¿Crees que luzco así por arte de magia?

En un minuto mi ropa sucia está hecha un bulto en el suelo y yo envuelta en una toalla grande de baño. Me siento en la silla y echo la cabeza hacia atrás en el lavabo. Pronto los nudos del pelo se deshacen bajo el suave champú de coco. Cierro los ojos y me da un masaje en las sienes, como lo hace con sus mejores clientas de la peluquería. Por primera vez hoy me siento relajada y me olvido de mis problemas.

—¿Qué tal te va en el nuevo colegio? —me pregunta después de un rato.

Y, de pronto, a través de mis ojos cerrados, la visión de

este horrible día me llena de vergüenza. Odio mentirle a Lila, pero no quiero hablar del tema. Cierro los ojos para que no me delaten.

—Bien.

—Pero no me has contado nada y tú no eres así.

—Suenas igual que mami —le digo molesta.

—¡Ay! —exclama Lila mirando mi ropa sucia en el suelo. Y con el dedo meñique enciende la radio que ha colocado sobre la cesta de la ropa sucia—. ¿Ponemos un poco de música?

No digo nada más porque la música llena el cuarto de baño. Además, Lila no entendería cómo es sentirse odiado. Ella le cae bien a todo el mundo, es el centro de atención de cualquier fiesta. Los hombres se vuelven locos por ella. Las mujeres quieren ser como ella. No he descubierto el secreto, por lo menos no en lo que respecta a DJ, donde, de la noche a la mañana, me he convertido en la burla de todos.

Antes de que pueda evitarlo, una lágrima se escapa de mi ojo y roza mi sien. Muevo la cabeza justo a tiempo para que desaparezca en el agua. ¿La habrá visto? Un escalofrío recorre mi espalda, pero Lila no dice nada. Tararea la música como un arrullo de cuna, y me deja el pelo limpio y fresco.

Capítulo 8

Hubo un tiempo en que mami pensó que sería profesora de piano. Tomó clases en Cuba hasta el tercer curso, pero cuando llegó a Estados Unidos no había dinero para tales lujos y mucho menos tiempo libre para este tipo de pasatiempos. Es del único sueño del que me ha hablado, y tampoco mucho, porque en cierta forma la música de piano le recuerda a mi padre. Nuestro piano es una reliquia de cuando mis padres vivían juntos. No entiendo por qué lo conserva si ella ni siquiera lo toca. Lila me cuenta que mami tocaba muy bien el *tumbao*; sin embargo, ahora el Steinway es solo un trasto donde dejar nuestros cachivaches tirados. A mí me gustaría aprender a tocar algunos ritmos latinos, pero cada vez que le pido a mami que me enseñe, la respuesta es siempre «no». Llegué a comprar partituras de música latina para tratar de aprender yo sola y ver si mami se conmovía, pero ni eso la hizo cambiar de idea. Es difícil aprender tú sola si ni siquiera sabes leer música.

—Es a Bach a quien tienes que escuchar —me ofrece como única respuesta—. No esa salsa callejera.

El año pasado, para Navidad, mami le regaló a Lila un CD de *Obras maestras* con la esperanza de cambiar nuestro gusto musical, pero no me atrevo a decirle que el CD sigue en el plástico original, sobre la estantería de libros.

A veces me pregunto si fue la música de piano la que hizo que mami se enamorara o, como ella suele decir, lo que «arruinó su vida». Mami nunca me lo diría. El tema de ella y mi padre se puede resumir en una biografía corta: su nombre era Agustín Sánchez. Nació en Santo Domingo; estaba bien preparado, pero como no encontraba trabajo en su país, decidió venir a vivir a Estados Unidos. Todos los domingos, durante la misa en español de las once y de las dos, tocaba el órgano en la iglesia de San Miguel. Nunca se casaron y él se marchó antes de que yo naciera.

Y eso es todo. No sé ni cómo es. No hay una sola fotografía suya en toda la casa. Cuando se marchó, mami, con la ayuda de Lila, quemó todas las fotos. Las dos siempre han justificado su acción diciendo que no era una buena persona. Mami lo llama «la cruz de mi destino»; Lila simplemente se refiere a él como «ese sinvergüenza».

De hecho, lo único que tengo de mi padre es el apellido, y eso solo porque para mami hubiese sido una vergüenza dejar en blanco el espacio que indicaba «NOMBRE DEL PADRE» en el certificado de nacimiento. ¿Qué habrían

59

pensado en el hospital? ¿Qué clase de mujer era que ni siquiera recordaba el nombre del hombre con quien se había acostado?

—¿Para qué quieres saber de algo que ocurrió en el pasado? —responde Lila cada vez que le pregunto—. Tu madre te quiere y te cuida, y yo siempre estoy aquí para ayudar en lo que sea. No pienses más en él.

—Porque quiero saber. ¿Y si algún día voy sentada a su lado en un autobús y ni siquiera me entero? ¿Y si tiene otros hijos y sin saberlo me caso con mi hermano y nuestros hijos nacen con problemas? —Aunque lo pienso, no le digo el resto: «¿Y si está arrepentido, nos echa de menos, quiere que yo vaya a un buen colegio y que reciba clases de piano?».

Lila mueve la cabeza y me mira con tristeza.

—Ni hablar, mija. Ese sinvergüenza se marchó a la República Dominicana con el rabo entre las piernas. ¡Olvídalo ya!

Es viernes y estoy en mi cuarto, todavía a medio amueblar, bailando con un compañero imaginario al compás de un rico son y esperando a que Mitzi me llame. He hecho una lista de todo lo que quiero contarle. Últimamente ha estado muy ocupada: prácticas, exámenes, clubes.

Suena el teléfono y pienso que es ella. Desafortunadamente es mami y todo se echa a perder.

—Encuéntrame en el supermercado a las cinco.

Son las cuatro y cuarto y ahora tiene un descanso.

—Hay que comprar algunas cosas y necesito que me ayudes. Hoy recibimos un embarque grande de televisores y estoy muerta de cansancio.

—¿Podemos ir mañana? —le ruego—. Puedo hacer huevos fritos y arroz para la cena esta noche.

—No seas vaga. Hoy el pollo está en oferta: dos por cinco dólares. Le llevaremos también a Lila. Sin nosotros allí sabrá Dios lo que come. ¿No querrás que se quede como una de esas esqueléticas modelos rusas?

Mami cuelga.

Son las seis y media y justo pasamos caminando frente al patio del colegio. El sol comienza a ocultarse detrás de los grandes edificios, pero desafortunadamente todavía hay suficiente luz como para que nos puedan ver. Cada una de nosotras lleva dos bolsas de mandados: mami lleva las menos pesadas y yo cargo con cuatro pollos. Mami me hizo buscar los mejores en los estantes refrigerados, y ella tardó quince minutos en decidir cuáles comprar.

La cerca de alambre parece interminable, especialmente con el ruido que hacen las zapatillas de mami. Ella sujeta fuertemente las bolsas y frunce el ceño al pasar al lado de los chicos que están en la acera, como si se los fuera a comer con los ojos. De una radio se oye una canción de Pitbull. La música tan fuerte retumba en el suelo. Me tengo que contener para no mover las caderas al compás de la música.

Espero que mami no empiece con su cantaleta. Si hay algo que no puede evitar es la oportunidad de advertirme sobre los peligros de la vida. Están en todas partes: desde los baños públicos hasta los callejones desiertos por donde no deben caminar las muchachas solas.

Pero es en vano.

—Nadie decente se reúne en el patio del colegio, ¿me oyes? —Habla tan alto que se escucha su voz a pesar de la música.

—¡Chsss...! Mami, por favor...

—Mira a esa —dice incluso señalando—. ¡Qué chusma!

Cuando miro en esa dirección, me da un vuelco el corazón: es Yaqui Delgado en carne y hueso. Está con otras tres amigas y juegan «al suicidio». Me doy cuenta de que ella ha perdido, porque está de espalda contra la pared, esperando al pelotón de fusilamiento. Las otras chicas comienzan a lanzarle pelotas de goma. Nueve lanzamientos en total. Pero Yaqui ni se inmuta. Tiene las manos detrás de la cabeza y sonríe, aun cuando una pelota da fuerte contra la pared, muy cerca de su oído, y la siguiente le da en plena boca. Son los mismos ojos del anuario, aunque ahora echan llamas, como retando a las amigas para que le den más duro.

Camino mirando al suelo, esperando que Yaqui no nos vea. A veces pienso que con esa boca mami va a conseguir que un día nos maten. Trato de apurar el paso, pero ella sigue con su cantaleta. Últimamente la decencia o, mejor dicho, la falta de ella, es su tema favorito. Su trabajo en Attronica no ayuda. Las noticias se proyectan todo el día en una docena de televisores hasta que se le crispan los nervios: violaciones, robos, peleas y muchas otras cosas que le pueden pasar a uno solo por estar en el lugar equivocado, en el momento equivocado. Está convencida de que el mundo está podrido, y si no ando con cuidado, puede que la mugre del tsunami me arrastre a mí también.

—Son unas cualquieras —susurra. No valen para nada. No tienen educación, ni principios, analfabetas es lo que ella quiere decir. La clase de gente que hace que ella cruce de acera si se las encuentra de noche, especialmente el día de cobro. Y su peor pesadilla es la imagen que una chica latina puede dar en este país: enormes aretes, la forma de las cejas, labios pintados de un color oscuro, como en las películas en blanco y negro, camisetas ajustadas que no dejan nada para la imaginación y son una invitación a tocar. Pero lo más bonito es que si yo pudiera convertirme en alguien diferente ahora mismo, elegiría ser como una de ellas. Sería tan fuerte que, como Yaqui Delgado, permanecería inmóvil esperando los proyectiles de goma. Me tendrían tal miedo que la gente cruzaría de acera si me vieran venir por su camino. Yaqui y yo seríamos como hermanas, dos hermanas gemelas de alma y corazón. Nos gusta la misma comida, hablamos igual. Venimos de países hermanos, pero nos separa un gran abismo.

Veo de reojo que Yaqui y sus amigas han comenzado a jugar a balonmano. Es un deporte que requiere fuerza y rapidez, pero sobre todo instinto. Yaqui no lleva chaqueta a pesar de que puedes ver el humo que sale de su boca. Su camiseta deja al descubierto sus hombros. Y yo, como una tonta, sigo a mi madre hasta casa, cargando cuatro pollos muertos y yuca congelada.

Mami se da cuenta de que miro a las chicas que juegan.

—Yo no me he sacrificado para que acabes como una de ellas —me dice.

—¡Vamos! —digo viendo que la luz del semáforo está en amarillo.

Lo único que quiero es llegar a casa. No quiero escuchar nada sobre su sacrificio, ni la historia del bombo. Me lo ha contado un millón de veces. Los cubanos no podían venir a Estados Unidos como las personas de otros países. Tenían que participar en una inverosímil lotería organizada por el gobierno. Eso fue exactamente lo que mami tuvo que hacer, pero le encanta dramatizarlo cuando lo cuenta. Cómo tuvo que salir corriendo a la calle, con los rolos puestos, para poder enviar el sobre con su nombre a la lotería. Cómo rezaba a todos los santos para que sacaran su nombre para la visa y no morirse de hambre. Cómo, cuando llegó por primera vez a Estados Unidos, esperó sentada en el aeropuerto a ser reclamada, como una maleta, por una prima lejana a quien ni siquiera conocía. Y cómo, desde entonces, no ha dejado de trabajar como una mula.

Y dale que dale...

Cruzo delante de un auto justo a tiempo, pero mami es más lenta y se ha quedado al otro lado, esperando a que cambie el semáforo.

—¡Piddy! —grita.

Estoy segura de que Yaqui lo ha oído. No me detengo mientras el eco de mi nombre retumba en la calle. Corro hasta llegar a la puerta.

—¿Qué es lo que te pasa, Piedad? —pregunta mami casi sin aliento cuando por fin me alcanza en la puerta. Se le han soltado los cordones de las zapatillas y se ve muy cansada. Ni siquiera se detiene a saludar a la señora Boika, sentada junto a la ventana como siempre, vigilando las rosas ya marchitas—. ¿Dónde está el fuego?

Rechino los dientes mientras busco en mi bolso las llaves.

—¿Cómo puedes decir esas cosas de gente que ni siquiera conoces? —grito—. ¿Cómo puedes odiar a un extraño? ¿Por qué tienes que hablar mal de la gente? —Ella no es mejor que Yaqui. Es como si, dondequiera que mire, me encontrara con alguien que me acosa.

No logro que la llave gire en la cerradura. Me invaden odio y miedo a la vez mientras forcejeo con la puerta, hasta que finalmente le doy un empujón. Mami se me queda mirando sorprendida. Veo un pequeño temblor en su ojo mientras que se endereza como un pianista dispuesto a comenzar su concierto.

—¿Qué te pasa? —dice preocupada—. Estás temblando. Dime, ¿qué te ocurre?

Qué le puedo decir para no empeorar las cosas. Si le cuento lo ocurrido con Yaqui Delgado va a ir como una bala a la oficina del director a darle su opinión sobre esos salvajes. Y entonces puedo considerarme muerta.

—¡Odio este estúpido lugar! Ojalá que nunca nos hubiéramos mudado.

Parece como si fuera a decirme algo, pero se calla y se limita a buscar las llaves en su bolso.

—¡Dios mío! —susurra—. Esta semana estás de un humor...

Han pasado quince años desde la última vez que ella pisara la iglesia de San Miguel, pero se persigna como una monja y sacude el bolso para encontrar las llaves.

Capítulo 9

Los sábados son los días de más trabajo en la peluquería Corazón y por eso Gloria Murí a veces me pide que vaya con Lila. Los fines de semana sin Mitzi son muy aburridos, y las propinas son buenas. Además, necesito dinero para comprarme una sudadera nueva antes de que haga más frío; ahora sé que la leche de chocolate mancha más que la sangre.

Gloria es la dueña, y el negocio le va tan bien que es rica. Tiene una casa en Great Neck y una señora que le cocina y limpia. Todo el mundo conoce la peluquería Corazón. Funciona como peluquería, pero también como un lugar de reuniones sociales. Hay seis estilistas, dos chicas para lavar la cabeza, tres manicuristas y yo. Que yo sepa, ella solo tiene una regla de oro para todos los que trabajamos en Corazón, y no es que seas legal y tengas todos los papeles en orden, porque ella te puede pagar en efectivo si lo prefieres; lo que Gloria quiere es que todas sus clientas se sientan a gusto en su peluquería. Antes de abrir las puertas, nos dice a todas: «¡A sonreír!». Y esa es la señal para empezar el día. Siempre tiene café negro y galletitas para sus clientas y nunca, nunca pone mala cara si alguna llega un poco tarde o se queda conversando una vez que termina. Corazón es un avispero de chismes y de discusiones pacíficas que puedes oír a pesar del ruido de los secadores. A veces el lugar está tan lleno que no se puede ni pasar. Yo me volvería loca, pero no Gloria: a ella le encanta ver el lugar repleto.

—Mijas, aquí todas tenemos que ser como un jarabe reconfortante que haga que todo el mundo se sienta mejor.

Básicamente mi trabajo consiste en ofrecer café a las clientas, barrer el cabello que ha caído al suelo y sacar y doblar las toallas de la secadora en la parte de atrás. Si llega un esmalte nuevo, entonces yo sirvo de modelo, ya que mis uñas son largas y bonitas. Es un buen trabajo siempre y cuando el perro de Gloria no esté en la peluquería, como hoy. Fabio es un viejo shih-tzu con mucho pelo. Está ciego de un ojo y tiene malas pulgas. Si no tengo cuidado, me muerde los tobillos con saña; ni siquiera mis gruesos calcetines sirven de protección contra sus afilados dientes. Mi única defensa es un spray de agua que uso cuando Gloria no me ve. Nadie se atreve a quejarse de su «encantadora criatura». Lo adora; es como si fuera su hijo.

Después de Fabio, Lila es la favorita de Gloria. Lila es también la preferida entre todas las que lavan la cabeza, incluso gana más propinas que las propias estilistas, lo cual es bueno para mí, porque cuando terminamos los sábados a veces vamos de compras y me invita a cenar.

Como de costumbre, se ha pasado toda la mañana dando consejos sentimentales y ha invitado a todas las clientas a su casa el día de Halloween para hacerles una demostración de los nuevos productos de belleza que han llegado.

—Habrá ron, música y diversión. ¡Tendremos una fiesta! —dice Lila.

—Yo voy si tu novio es el que se encarga de la bebida —comenta alguien.

Lila suelta una carcajada y todas aplauden. Últimamente el tema preferido es su novio Raúl, el policía. Lo he visto un par de veces. Está bien, aunque para mi gusto tiene dientes de conejo. Veremos cuánto tiempo lo aguanta Lila.

—El otro día los vi bailando en el club —dice una de las manicuristas a través de la mascarilla facial—. Es más guapo que William Levy. ¡Qué suerte! —exclama moviendo la mano en señal de aprobación.

Me limito a escuchar lo que dicen mientras barro el suelo. Si quieres conocer la vida amorosa de cualquier persona de Queens, visita los sábados la peluquería Corazón. No tienes ni idea de lo que es capaz de contar una mujer bajo una capa de plástico negro y con la cabeza cubierta con tiras de papel de aluminio. Es como si los productos químicos tuvieran el mismo efecto del suero de la verdad. En menos de un segundo te enteras de todo lo del sinvergüenza de su marido y del vecino guapo y bien dotado de tu-ya-sabes-qué.

En ese momento Fabio comienza a ladrar y a morder la escoba.

—¡Basta ya! —grito, y lo rocío de agua. Esta noche no he dormido bien y él no ha hecho más que fastidiar mordisqueándome toda la mañana—. ¡Lárgate!

—¡Dios mío! ¿Es esa la hija de Clara?

Alzo la vista del montón de rizos negros del suelo y veo que una clienta de Lila, sentada para que le laven la cabeza, levanta un poco la toalla que le protege los ojos del jabón, y me inspecciona de arriba abajo. Es la creída de Beba, que trabaja en la farmacia Lewis. Merci, su hija, obtuvo una beca y estudia Medicina en Cornell, y lo pregona a los cuatro vientos. Cuando era pequeña e iba a la farmacia con mami, Beba siempre me daba caramelos. Es una mujer robusta, de cuerpo cuadrado y boca grande. Si no la conocieras, podrías pensar que es un hombre vestido de mujer.

—¡Acércate! Déjame verte bien.

Vaya.

—Sí, es Piddy —dice Lila guiñándome un ojo, mientras con sus hábiles manos hace crecer una montaña de espuma—. La semana que viene cumple dieciséis años. Es preciosa, ¿verdad? Tienes que verla con el pelo suelto.

Siento un poco de vergüenza. Seguro que ahora alguien me preguntará si tengo novio o, lo que es peor, si me gusta el colegio.

—Es igualita a Clara —dice Beba.

Me vuelvo y me miro en el espejo. ¿De verdad me veo tan amargada? ¿Tan amargada como mi madre? Es algo que nunca me había pasado por la cabeza. Tengo el pelo oscuro y lo llevo recogido en una cola de caballo. Me imagino que lo ha dicho como un piropo.

—Gracias —digo forzando una sonrisa y continúo barriendo.

—Los años se van volando. Parece que fue ayer cuando Merci jugaba a ser doctora con sus muñecas y *esta* era un bebé que se chupaba siempre el dedo. Y mira ahora: Merci estudia en Cornell y Piddy es una preciosa jovencita. —Me mira fijamente y pregunta—: Dime la verdad, ¿a que todos los chicos se vuelven locos por ti?

Siento que me pongo de todos los colores.

—No, en realidad, no —digo.

Beba no presta atención.

—Estás hecha una mujer —dice meneando la cabeza.

Las otras clientas de la peluquería a veces me dicen lo mismo: «Ya eres toda una mujer», pero, a decir verdad, no estoy segura de que en realidad sea un cumplido.

Entonces Beba retira un poco la toalla de los ojos y mira a Lila como si de repente pensara en algo.

—Y hablando de Clara, ¿cómo está? Hace siglos que no la veo. ¿Sale con alguien?

Casi me muero de la risa. No puedo creer que estén hablando de mami.

Lila niega con un movimiento de cabeza.

—Dice que está muy ocupada.

—¿Qué mujer no tiene tiempo para un buen hombre?

—Eso le digo yo, pero ella no quiere que le presente a nadie —responde Lila.

Beba hace un chasquido con la boca.

—Pensándolo bien, ¿quién la puede culpar? —dice como quien sabe de lo que habla.

Paro de barrer. Pensar que mami pudiera salir con alguien es absurdo. Ni siquiera me la puedo imaginar aquí conversando con las amigas. Desde que recuerdo, ella no ha pisado Corazón, aunque conoce a la mayoría de las mujeres que vienen aquí. Dice que te pueden hacer el mismo corte de pelo por diez dólares en la escuela de belleza de la calle Central; sin embargo, yo sé que tienes suerte si sales de allí con tus dos orejas.

—Mira esto —dice Lila haciendo una mueca—. Beba,

72

mija, cómo has dejado que se te pongan las puntas así. No voy a permitir que salgas con ese pelo de aquí. —Me hace una seña y me dice—: Piddy, por favor, ve atrás y tráeme el acondicionador. Es el frasco rojo con dispensador.

Me doy cuenta de que quieren que me vaya, pero yo me quedo a escuchar detrás de la cortina de cuentas que separa el salón de la parte de atrás. Por suerte, la voz de Beba va de acuerdo al resto de su cuerpo.

—La pobre Clara. Todavía recuerdo ese terrible día. Tú también, ¿verdad? ¡Qué escándalo! Ese tramposo de Agustín le destrozó el corazón para toda la vida.

En ese momento llega Fabio y comienza a ladrar. Echa para atrás los labios, dejándome ver sus afilados dientes mientras sus ojos vidriosos se posan en mí.

—O te callas o te meto dentro de la secadora —lo amenazo.

Pero de nada sirve. Fabio comienza a saltar y a ladrar frenéticamente. Lila se vuelve, mira hacia donde estoy y frunce el ceño.

—Piddy, ¿lo encontraste?

No me queda otro remedio que ir adonde guardan los productos. Me lleva un rato encontrar el acondicionador, que estaba en la estantería de arriba del todo, al lado de los esmaltes acrílicos y de las pelucas, y cuando se lo llevo, Lila ya está enjuagándole el pelo.

—¿Qué te puedo decir, Beba? Conoces a esa clase de

hombres. Solo saben demostrar su amor con *eso*, no con el corazón, y olvídate de querer a los hijos...

Se da cuenta de que estoy parada en la puerta y enseguida se calla. Me he pasado la mañana medio dormida, pero, de repente, me he espabilado.

—Vamos a ver, Bebita —dice Lila cuando le doy el acondicionador—. Tenemos que domar esta melena.

Esa tarde, cuando terminamos, vamos de compras a *City Fashion* y luego entramos a Vesubio a comer pizza. Es un cuchitril con el suelo mugriento y el relleno saliéndose de los asientos de plástico, pero hacen la mejor pizza siciliana de los alrededores. Lila deja escurrir el aceite anaranjado en su plato de papel antes de comer su trozo. Tengo puesta mi nueva sudadera con capucha y le doy vueltas al refresco con una pajita, mientras me quedo pensativa.

—¿No tienes hambre? —dice Lila mirándome con atención. No he tocado mi pizza. —Estás muy callada y pálida. ¿No te sientes bien?

—¿Mi papá tenía otra mujer? —pregunto de repente.

La pregunta se queda flotando en el aire, como un mal olor.

—¿Qué?

—Que si mi padre tenía otras mujeres. Escuché cuando Beba dijo que Agustín le destrozó el corazón a mi mamá. ¿Fue eso lo que ocurrió?

Lila pone la pizza en el plato y se limpia los dedos.

—¡Ave María, Piddy! ¿Tenemos que hablar de esas cosas ahora que estamos comiendo? Sabes lo delicado que es mi estómago. Me va a dar una indigestión solo de pensar en ese hombre.

—Dime sí o no.

Le echa pimienta a la pizza nerviosamente.

—No quiero hablar de eso.

—¿Por qué no? No es justo que mami me guarde ese secreto cuando todo el mundo sabe lo que pasó. ¿Te imaginas cómo me siento *yo*?

Deja el pimentero sobre la mesa y suspira.

—Piddy, la vida es muy complicada. A veces las personas prefieren no hablar de ciertas cosas. ¿Para qué recordar cosas tristes? Además, algunas cosas son privadas y no hay ninguna regla que diga que tienes que contar todo sobre tu pasado. Piensa en ti misma: ¿tienes algún secreto?

Se me queda mirando, esperando mi respuesta, pero no le contesto.

—¿*Ves*?

Nos ponemos a comer en silencio.

—¿Fue fiel o infiel? ¡Tengo derecho a saberlo!

—¿Y qué importancia tiene eso a estas alturas?

—Sí importa. —Se me hace un nudo en la garganta antes de sacar lo que he tenido dentro durante tanto tiempo—. Se fue por alguna razón: o tenía otra novia o no me quería. Lila me mira detenidamente. A pesar del colorete se ve cansada y casi no le queda rastro del pintalabios de larga duración. A través de sus oscuras pupilas puedo verla quemando las fotos de mi padre y tirando a la basura sus camisas y corbatas. ¿Por qué tanto odio y secreteo? Una parte de mí no lo quiere saber; es la misma parte que quisiera volver a ser una niña para que Lila me abrace y escuchar, a través de su pecho, los latidos de su corazón. Pero ya soy una mujer. Por lo menos eso es lo que todos dicen. No hay vuelta atrás.

—¿Le has preguntado a tu mamá? —dice Lila.

Niego con la cabeza.

—Tú sabes cómo es ella.

—Sí. —Se queda mirando el esmalte saltado de sus uñas y susurra—: Tu padre se enredó con una novia y lo descubrieron. No le importó quién sufriría.

—¿Se enredó con una chusma? —quiero saber.

La pregunta toma a Lila por sorpresa y de repente parece como si se sintiera mal. Abre y cierra la boca sin saber qué decir.

—Lila, por favor, que ya tengo casi dieciséis años. ¿Cuándo voy a conocer la historia de mi vida?

Lila suspira profundamente y asiente con la cabeza.

—Te lo voy a contar porque te quiero, pero pienso que es con tu mamá con quien deberías hablar de esto. Si le cuentas a alguien que yo te lo he dicho, incluyendo a Mitzi, nunca más te volveré a hablar. Te lo juro —me dice haciendo la señal de la cruz para que vea que es una promesa sagrada.

—Te lo prometo.

—Agustín estaba casado cuando conoció a tu mamá. Tu mamá era su novia, y las cosas se complicaron cuando tú llegaste.

De momento me quedo muda. Es más, estoy segura de que no he entendido bien.

—¿Qué? ¿Quieres decir que *mami* tuvo un romance con un hombre casado?

Mueve la cabeza exasperada.

—Mejor demos por terminada la conversación. Yo ni siquiera debería estar hablando contigo de estas cosas. Clara me sacaría los ojos si se enterara, y con razón. Nunca debí abrir la boca.

Pero continúo.

—¿Quieres decirme que mami se quedó embarazada de un hombre casado? —Y de repente caigo en la cuenta—: ¿La chusma era mami?

—No vuelvas a decir eso nunca más —me regaña Lila—. ¡No fue así! —me grita como nunca lo ha hecho—. Desconocía muchas cosas de esa escoria.

La miro completamente pasmada.

Lila respira profundamente.

—Lo siento, Piddy. Es mejor que hables de esto con tu mamá. Aunque no lo creas, hay ciertas cosas que no me corresponde a mí explicarte. —Agarra un trozo de pizza y se lo lleva a la boca—. Come, por favor.

Capítulo 10

La noticia sobre mami me deja totalmente desconcertada. ¿Un romance con un hombre casado? Me cuesta trabajo pensar que tuvo relaciones sexuales sin estar casada; es más, no puedo imaginarme que alguna vez tuviera relaciones sexuales. Es como si de repente no la conociera, o quizá es en estos momentos cuando comienzo a conocerla de verdad. Ahora entiendo mejor lo de Agustín y por qué se fue para siempre. Nunca en toda mi vida se ha acordado de mi cumpleaños, y yo me preguntaba qué clase de padre no recuerda el día del nacimiento de un hijo. Ahora sé que es esa clase de hombre que tiene otra familia en algún otro lugar.

Y no me quejo porque mis cumpleaños no hayan sido buenos. En realidad he tenido muy buenos cumpleaños, como cuando cumplí ocho años y Lila y mami nos llevaron a Mitzi y a mí al zoológico del Bronx, en el autobús Q44. Fue la primera vez que vi elefantes y me enamoré de ellos. Jugaban con una pelota sobre una cuerda. Los guardas del zoológico les dieron un baño con mangueras y con un cepillo restregaron sus trompas y sus uñas. Después Mitzi y yo fuimos a la tienda de regalos y Lila y mami dejaron que escogiera lo que quisiera: una cadena de plata con un elefante de jade.

«Significa fortaleza», dijo la dependienta acercándome la cadena al cuello para que pudiera verme en el espejo. Cuando llegamos a casa, mami me hizo un pastel de cumpleaños y dejó que raspara el fondo de la cazuela sin darme ningún sermón sobre la salmonela. Montamos una tienda de campaña con una sábana grande, y Lila y Mitzi se quedaron a dormir en casa.

Mientras tanto, la situación en el colegio no mejora. Desde el día que tuvo lugar el juego de la bola rápida, cada mañana, cuando atravieso la cerca del patio para entrar al colegio, me encojo de hombros, se me seca la boca y se me queda la mente en blanco. Es como si una nube grande me tragara por completo. Es como si el patio fuera un gran miasma, una de esas nubes venenosas que durante un tiempo los científicos pensaron que causaban la muerte, hasta que se dieron cuenta de que eran los microbios en el agua, los microondas y otras cosas con las que había que tener cuidado. El colegio está impregnado de un miasma que afecta la mente y me come el cerebro. Se me olvida todo lo relacionado con la velocidad en Física. No puedo recordar por qué entramos en la Primera Guerra Mundial. En clase me quedo absorta mirando el reloj, pensando en el momento de salir al pasillo para ir a mi próxima clase y evitar encontrarme con Yaqui Delgado, como si en realidad esa fuera mi asignatura.

Darlene y yo caminamos juntas a la clase de Matemáticas; ella no para de hablar de lo que le han comentado: que el señor Nocera tiene planeado sorprendernos hoy con un examen. Entonces, de repente, siento un fuerte golpe en la cabeza. Todo sucede tan rápidamente que en un principio pienso que ha sido un accidente. Eso te muestra lo estúpida que soy. No me doy cuenta del tremendo lío en el que estoy metida hasta que me envuelve totalmente.

Darlene mira hacia el frente y apresura el paso, dejándome sola.

Otro golpe, esta vez más fuerte.

Me vuelvo y me encuentro con dos chicas que no conozco. Se hacen las inocentes, pero están muertas de risa, y es obvio que yo soy el blanco.

—¡Basta ya! —grito.

—¿Basta de qué? —dice una de ellas.

De repente, siento un tirón en el cuello, y con un leve ruido noto que se rompe mi cadena. Rápidamente me llevo la mano al cuello, pero es demasiado tarde. Veo a

Yaqui Delgado que pasa a mi lado corriendo y se pierde entre el remolino de gente.

—¡Oye! —grito mientras la sigo, pero unas chicas me cierran el paso y de pronto es como si se formara una muralla de gente. Trato de abrirme paso a empujones, pero no me dejan. Creo ver a Yaqui, el pequeño moño de su cabeza.

—¡Devuélveme mi cadena!

Algunos chicos se dan la vuelta, aunque cuando logro abrirme camino, Yaqui y sus amigas ya han desaparecido. Todo lo que veo es un mar de colores, camisas y caras horribles.

Suena la campana y se vacían los pasillos, pero no logro moverme. Me quedo parada pensando qué hacer. Me acaban de atracar en la escuela, e incluso Darlene se ha marchado y me ha dejado sola. En realidad no la culpo. Es peligroso ser mi amiga. Nadie quiere exponerse a una situación así. Me pongo de rodillas y, pulgada a pulgada, voy tanteando el pasillo y las escaleras. Me limpio la basura de las manos tras tratar de encontrar mi elefante entre muchas otras cosas tiradas en el suelo.

Nada.

Cuando entro a la clase, tengo las manos sucias y me tiemblan. Me arde la cara; sin embargo, siento una horrible frialdad en el cuello. Todo me parece un sueño; nada me parece real. Todos levantan la vista y miran hacia la puerta.

—Llega tarde —dice el señor Nocera.

—Es que he perdido algo —explico.

—Efectivamente: diez minutos del tiempo del examen.

—Es algo muy importante —insisto.

—A la hora de almuerzo ve a la oficina a ver si alguien lo ha entregado —dice mientras anota algo en su cuaderno de asistencia—. Señorita Sánchez: si llega dos veces tarde, tendrá que quedarse después de clase. Mis reglas son estrictas.

Lo miro sin verlo y me dirijo furiosa a mi asiento. Darlene saca el pie cuando paso a su lado para que me detenga.

—No irás a decir nada, ¿verdad? —dice bajito—. Si lo haces, por favor, no menciones mi nombre. No quiero ser testigo.

Ahora soy yo la que pone los ojos en blanco.

—Déjame pasar. —Me abro camino y me deslizo en mi asiento. ¿Pensará que soy tan estúpida?

Parece que la cabeza me va a reventar. No me siento con ánimos de hacer el examen que el señor Nocera me entrega. Descanso la cabeza sobre el pupitre y miro hacia fuera hasta que poco a poco desaparecen los barrotes de esta jaula. Sin embargo, de una cosa sí estoy segura: tengo que recuperar mi cadena sea como sea.

Capítulo 11

La Oficina de Orientación está en el aula 109, en el único pasillo soleado que hay en este estúpido colegio.

Miro por el cristal de la puerta y veo a Darlene hablando por teléfono, tratando de aparentar que tiene treinta años, que es lo que ella en realidad quisiera. Trabaja de voluntaria en la oficina y recibe créditos para sus calificaciones. Prefiere hacer eso que ir al aula de estudio, pues lo considera una pérdida de tiempo. Por supuesto que todas las secretarias la adoran: es responsable en su trabajo, atiende las llamadas que se reciben y es amable con todos.

Me ha costado convencerla. He tenido que jurarle que nunca divulgaré su nombre o la utilizaré como testigo, cualquiera que sea la circunstancia. Y que la ayudaré con las tareas de Física el resto del año.

Hago como si me interesara algo de lo que está en el tablero de anuncios del pasillo mientras espero a que salga y me entregue lo que le he pedido. Tarda más de lo previsto. A estas horas yo debería estar en el aula de estudio. En cualquier momento uno de los profesores saldrá al pasillo y me preguntará si tengo permiso para no estar en clase. Esconderme en los baños no es una opción. Y ni pensar qué pasaría si la pandilla de Yaqui se enterara y me fuera a buscar allí.

El tablero está lleno de anuncios con información sobre el servicio militar voluntario, visitas a universidades, información sobre los exámenes de selectividad y fechas; información sobre una academia que ofrece un programa de Ciencias avanzado para los estudiantes del penúltimo y último año. Pero hay un póster que me llama especialmente la atención: es un perro bulldog dentro de un círculo con una franja roja que lo atraviesa. «ZONA LIBRE DE ACOSADORES. DEFIENDE TUS DERECHOS. NO CALLES». ¡Qué ironía! Casi me muero de la risa.

—Aquí tienes —susurra Darlene sacando la cabeza por la puerta. Me entrega el expediente de Yaqui Delgado. Está debajo del programa de Ciencias. Agarro los papeles y ella se alisa la falda nerviosamente—. Sabes que puedo meterme en un lío por esto. A un voluntario no le está permitido sacar el expediente de ningún estudiante, es algo *ilegal*.

—Para ti no hay nada imposible —digo para hacerla sentir bien.

Me fijo en la dirección de Yaqui y trato de visualizar la calle. Como era de esperar, vive en uno de los peores barrios. Ojeo su calendario y no coincidimos en ninguna clase. No entiendo cómo entonces no puedo librarme de ella. Doblo la hoja y la guardo en mi mochila.

—*De nada* —dice Darlene.

Corro apresurada por el pasillo.

Hay dos pequeños rectángulos de cristal en la puerta del aula, ambos cubiertos con cinta adhesiva negra. A través de un pequeño hueco miro hacia dentro. De acuerdo a su horario, Yaqui tiene ahora Educación para la Salud.

Me siento mareada. Me retumban las sienes: siento un leve ruido que aumenta poco a poco hasta que me doy cuenta de que es el ritmo de la salsa lo que escucho en mi cabeza: *pa-pa/pa-pa-pa/pa-pa/pa-pa-pa*. Es como si una banda tocara para que Yaqui y yo nos encontráramos mano a mano en la pista.

¿Y ahora que estoy aquí qué voy a hacer? ¿Decirle a la maestra que tengo que hablar con Yaqui Delgado? Y si logro hablar con ella, ¿qué es exactamente lo que le voy a decir? «*Ladrona, devuélveme lo que me robaste*». Entonces me doy cuenta de que mi plan no tiene sentido.

—¿Dónde tiene que estar ahora?

Es la voz de la señora Shepherd que ha salido de la nada y me apunta con la antena de su *walkie-talkie*. Está de monitora en busca de chicos como yo que están fuera de clase y, como era de esperar, usa zapatillas con suela de goma para la ocasión. Es la primera vez que me encuentro en una situación así. Cuando me ve, la señora Shepherd se sorprende, pero casi de inmediato la decepción se refleja en su rostro.

—¿Piddy?

En un primer momento no le contesto, no por mala educación, sino porque pienso que no habla conmigo. No soy la misma chica que la señora Shepherd conoció unas semanas atrás. El hecho es que ante sus ojos, los del señor Nocera y los de los otros profesores, no soy la persona que pensaban.

Ayer no entregué la tarea de inglés. No tenía la mente para ejercicios con frases participiales.

—¿Por qué no estás en clase? —pregunta.

La cabeza me da vueltas, y es como si me hablara desde otra dimensión.

—¿Te sientes bien? Te ves pálida.

—Pensé que me tocaba Educación para la Salud, pero me equivoqué —mentí.

La señora Shepherd presiona el botón de su *walkie-talkie* y lo acerca a los labios. Puede verificar mi horario en un segundo y descubrirme aquí mismo. La campana sonó ya hace seis minutos.

—Es que antes fui a la Oficina de Orientación para recoger los papeles para el programa de Ciencias —digo mostrándole el papel.

Asiente pensativa.

—Piddy, quería hablar contigo de tu trabajo de inglés.

No le doy oportunidad de que continúe.

—Voy a mejorar —le digo nerviosa—, pero ahora debo acudir al aula de estudio.

Siento como si la cabeza me fuera a explotar. Corro por el pasillo, pero cuando llego a la escalera, no puedo apartar los ojos de la puerta de salida. No tengo el valor de enfrentarme a Yaqui y siento un gran ahogo en este lugar. No sé quién soy ni lo que pienso. Ya estoy tarde para el aula de estudio así que qué importa si me marcan ausente. Empujo la puerta y salgo a ese mundo tranquilo fuera del colegio. El sol aún no calienta, pero la luz deslumbra.

No voy a casa. Camino dos cuadras hasta la parada del autobús y me subo al primero que llega para matar el tiempo. El autobús se dirige a la parada del metro, pero como es casi mediodía, va vacío. Me siento en la parte de atrás.

«Me robó mi cadena con el elefante». Le escribo un mensaje de texto a Mitzi y espero su respuesta. Pasan diez minutos y nada.

Miro a través de la ventanilla sintiéndome sola y olvidada. El autobús dobla una esquina y, de pronto, pasa por el barrio de Yaqui. Edificios altos y hombres sentados en bancos en la calle sin hacer nada. Alzo la vista buscando en mi mente la ventana desde donde Yaqui ve el mundo.

Un hombre sentado al frente hace una señal para que el autobús pare. Tendrá aproximadamente la edad de mami. Tiene el pelo canoso y lleva un periódico doblado bajo el brazo. Sin darme cuenta, comienzo el juego que hacía de pequeña: le gustan los plátanos fritos y las hamburguesas con queso, como a mí. También los programas sobre la naturaleza. Para cuando ya ha bajado del autobús, me imagino escuchar su voz profunda y cálida cerca de mi oído mientras me arropa en la cama.

«Piddy, cuánto lo siento. No he dejado de pensar en ti todos estos años. No te preocupes. Aquí estoy para protegerte. Y, mira, he escrito una canción para ti».

Viajo en el autobús hasta la última parada, pensando en mi padre imaginario y tarareando la canción que ha compuesto para mí.

Capítulo 12

—¿Qué pasa con tus notas, Piddy?

Me pregunta mami disgustada y se sienta a la mesa de la cocina donde hago la tarea. Sobre la estufa está el bistec de palomilla y arroz blanco que le he hecho, pero que ni ha tocado.

Tiene los ojos fijos en el informe escolar que ha llegado hoy por correo. Si yo hubiera sabido que era norma del Daniel Jones enviar un informe en el ínterin, hubiese estado más pendiente del correo, o incluso le hubiese prendido fuego al buzón como he visto hacer a Joey. Ahora mami está molesta y no deja de hacerme preguntas. Se toca los hombros como dándose un masaje y frunce el ceño mientras lee en voz alta el informe:

«*No presta atención en clase.*

No hace la tarea.

No se esfuerza».

Deja el papel sobre la mesa y me mira decepcionada. Cuenta con el meñique cada uno de los ceros del informe.

—Seis ceros, Piddy. Aquí ponen que tienes *seis ceros*.

No le contesto. Me duele mucho la cabeza y el tono de la voz de mami me avergüenza.

—¿Tienes algo que decir?

—Este colegio es difícil —contesto.

Todo es diferente en este colegio. Hay que sobrevivir, pasar inadvertida. Abro el cuaderno de matemáticas y me concentro en los ejercicios. No he prestado atención en clase en toda la semana y ahora no sé cómo resolver este estúpido teorema. Leo las instrucciones una y otra vez, pero no entiendo nada. Y mami me pone nerviosa al no quitarme la vista de encima.

—Un cero no significa que el colegio sea difícil. Significa que no has estudiado, que has sido una vaga. ¿No te da vergüenza? —Se sienta frente a mí y me mira fijamente—. Debería darte pena. Siempre fuiste una buena estudiante y ahora, de repente, esto. ¿Es eso lo que quieres? ¿Ir por la vida sin educación, sin aspiraciones, como una chusma? Mírate a un espejo, ya casi lo pareces —dice señalando la nueva camiseta que compré con Lila. Es ajustada y tiene el escote en forma de «V». A Lila le gustó mucho y dijo que marcaba bien mi figura.

—La compré con mi dinero —señalé—. No puedo vestirme toda la vida como si todavía tuviera diez años.

Mami suspira.

—¿Qué importa si la compraste con tu dinero? Una camiseta como esa es una invitación. ¿Quieres que la gente piense que saliste como tu padre?

—¿Y cómo voy a saber yo cómo es mi padre? —digo entre dientes.

—¿Qué?

—Dije que cómo voy a saber yo cómo es mi padre. Instintivamente voy a tocar mi cadena, pero, por supuesto, no está. Es como el soldado que pierde una extremidad en la guerra y todavía siente que es parte de su cuerpo. Noto que me sube bilis a la boca. ¿Por qué no me deja tranquila?

—¿Qué quieres decir? —pregunta.

Mami se echa un poco de bálsamo de yodo en las manos y se frota el cuello mientras espera una respuesta. Todavía lleva puesta la identificación de Attronica con su nombre, y bajo las axilas se aprecian manchas de sudor. Por un momento la veo tal y como lo hace su jefe: un cuerpo más que mueve cajas de aquí para allá en el almacén. Y la odio por eso.

Aprieto el lápiz con tanta rabia que parece que se va a romper.

—Quiero decir que si no me cuentas nada sobre mi padre, ¿cómo voy a saber cómo es? Ni siquiera sé cómo es físicamente. Tengo que enterarme de cosas de mi vida en esa estúpida peluquería.

Deja de frotarse el cuello y me mira fijamente.

—¡Ajá! ¿Y quién ha estado hablando de nosotras en la peluquería?

—Olvídalo.

Se limpia las manos y mueve la cabeza de un lado a otro en señal de disgusto.

—Ese lugar es como Radio Bemba. Un gallinero —dice cruzándose de brazos—. A ver, cuéntame: ¿quién ha estado contando chismes míos y de Agustín?

No le contesto.

—Dime qué dijeron —insiste levantando la voz. Pone las manos sobre mi cuaderno y deja una mancha de mentolado en el problema que tengo que resolver—. ¡Contéstame!

Retiro el cuaderno con brusquedad y la miro fijamente.

—¿Quieres que haga la tarea o me vas a estar fastidiando toda la noche? Eres una pesada. No te soporto.

En el momento en que lo digo, mami se estremece, y yo quisiera tragarme esas palabras. Nunca le he hablado de esa manera, pero en estos momentos siento tanta rabia que lo único que quiero es hacerla sentir pequeña, que sufra como estoy sufriendo yo, que me tome en sus brazos y me reconforte. Pero mami es dura, es mucho más fuerte que yo. No logro conmoverla. Se echa hacia atrás y arquea las cejas.

Suelta una carcajada y mueve la cabeza, no dando

crédito a lo que acabo de decir. Dobla el informe del colegio cuidadosamente y sin el más mínimo nerviosismo se inclina hacia mí.

—¿Quieres que te diga una cosa, Piedad María Sánchez? Esto no tiene nada que ver con Agustín. Tiene que ver contigo. Si no mejoras estas notas, voy a ir al colegio para averiguar por qué ese colegio es diferente. ¿Está claro? No me he sacrificado...

Cierro el cuaderno de un golpe y me dirijo a la puerta. Fuera ya es de noche y tiemblo, no sé si de frío.

—¿Adónde vas a estas horas? Ya es de noche —dice.

—¡Lejos de ti! —grito antes de salir a la calle.

Toco el timbre de la puerta una y otra vez, pero Lila no está en casa. Alzo la vista y no se ven luces en su apartamento. Posiblemente se ha ido a bailar con su novio, y solo de pensarlo siento más rabia. Lo peor es que no cogí mi abrigo y ahora estoy temblando de frío. Le doy varios empujones a la puerta del edificio por si alguien la hubiera dejado medio abierta, pero está herméticamente cerrada.

Voy a darme la vuelta para regresar a casa cuando oigo que alguien abre una puerta dentro.

Es Joey Halper. Lleva las botas en la mano y la cazadora sobre los hombros. Se sorprende al verme. Se detiene al otro lado de la puerta cerrada, me mira a través del cristal y sonríe.

—¿Qué pasa, Rana, quieres entrar?

—Abre, por favor —digo.

—No antes de que me digas la contraseña secreta.

—¿Será por casualidad «*Joey-no-te-hagas-el-tonto-y-abre-la-puerta*»?

Resopla y abre la puerta a la vez que mete los pies descalzos en las botas.

—No está en casa —dice cuando paso apurada a su lado.

Sabe perfectamente a quién busco. Desde el pasillo puedo escuchar las risas pregrabadas del programa que su padre está viendo en la televisión. Joey sale y se queda observando el cielo mientras se pone la cazadora. Ya se ven las estrellas.

—Ven conmigo —dice.

La puerta del sótano queda en la parte de atrás del edificio, al lado del apartamento del *súper*. El sótano siempre me ha parecido un lugar espantoso, y no solamente por el *súper*. El suelo de cemento tiene grietas y las ventanas son tan pequeñas que solo sirven para ver los pies de la gente que pasa por la calle. Cuando éramos niños, Joey y yo jugábamos al escondite por todo el edificio, y el sótano era el único lugar donde no me atrevía a entrar para buscarlo, aunque supiera que estaba ahí escondido. El *súper* no dejaba que los niños jugaran en el sótano, y yo tenía miedo de que me encontrase y me dejase encerrada allí para siempre. Incluso cuando me hice mayor y comprendí que no haría tal cosa, siempre tuve miedo de esa puerta cerrada con candado. En el sótano hay un cuarto para guardar los trastos de cada apartamento, pero también puedes ocultar un cadáver dentro que nadie se enteraría.

Joey abre el candado y entramos. Mis dientes castañetean del frío. Joey busca unas cuantas monedas en su bolsillo y pone en marcha la vieja secadora. En poco tiempo sale un vapor caliente y se percibe un olor a humedad mezclado con lejía. Pongo las manos a ambos lados de la secadora para calentarme. Joey se sienta sobre la secadora y comienza a morderse los pellejos de las uñas, esperando que se me pase el frío. Cada vez que da un pequeño mordisco a sus pellejos, sale una bocanada de humo de su boca. Veo que una de sus muñecas está inflamada y es porque tiene un tatuaje que dice: «DOLOR HECHO A MANO».

—¿No te duele? —pregunto.

El verano pasado me enseñó las herramientas que utiliza para los tatuajes: un mechero, una aguja de coser sujeta como un arpón a la goma de un lápiz n.º 2 y un frasco de tinta que se llevó de la clase de Arte.

Niega con la cabeza.

—Para eso soy hombre.

—Seguro —digo.

—Cuando cumpla dieciocho voy a hacerme uno como Dios manda. Una cobra, aquí mismo.

Y se levanta la camisa para mostrarme la cadera. Le cuelgan los vaqueros justo debajo de unos calzoncillos azul añil. La piel de su torso es lisa y musculosa. Me sonrojo al ver el hueso de su cadera medio escondido bajo sus pantalones vaqueros.

De repente, Joey se baja de la secadora y se dirige a la parte de atrás, donde se guardan los trastos. Se enciende una tenue luz y puedo ver una puerta medio abierta. Pasa mucho tiempo y Joey no regresa.

—¿Joey?

No contesta.

Sé que debo volver a casa y pedirle perdón a mami. Sin embargo, paso a paso me dirijo hacia la misteriosa puerta. Entonces me llega un fuerte olor a amoniaco.

Una bombilla cuelga del techo. En una esquina descansa un árbol de Navidad artificial y un montón de cajas apiladas. Joey está sentado en un colchón sobre el suelo. No alza la vista cuando entro: la tiene clavada en un lugar determinado. Me fijo y veo que mira una cesta de ropa sucia cubierta con una toalla. Dentro está una mamá gata con sus dos gatitos recién nacidos. No es amoniaco lo que huelo, sino pis de gato. Me da un vuelco el corazón. Son del tamaño de la palma de mi mano, suaves, con la cabeza grande en comparación al resto del cuerpo y todavía no han abierto los ojos al mundo. No deben de tener más de dos semanas. Mientras beben leche de la madre, no dejan de mover las patas y la cabeza. El de color naranja incluso pierde su lugar junto a la teta de su madre. Joey se levanta, lo agarra con cuidado y lo vuelve a colocar, mientras que la gata emite una señal de advertencia.

—¿Dónde los encontraste? —pregunto dejándome caer a su lado sobre el colchón.

—La semana pasada, detrás de la secadora. Los puse en la cesta y todos los días doy de comer a la madre, pero dejo que salga a cazar de noche para que no se aburra.

—¿No tienes miedo de que el *súper* te descubra?

—Yo no le tengo miedo a nada —dice Joey sonriendo.

Durante un largo rato nos quedamos quietos, sin hablar. Luego Joey se recuesta en el colchón apoyando la cabeza sobre sus brazos. Trato de no virarme para verlo acostado, aunque siento su mirada en mi espalda.

—Rana, ¿estás contenta de haberte mudado? —pregunta finalmente.

Desde donde estoy parece que sus ojos brillaran como los de un gato. Por una vez no muestra una de sus sonrisas sarcásticas. Me contempla como cuando teníamos diez años, de forma abierta y cálida. Lo miro y niego con la cabeza.

—No, es horrible.

Joey se quita la cazadora y me la pone sobre los hombros. Entonces, lentamente, me recuesta sobre el colchón hasta que siento su cuerpo junto a mí y sus labios rozan los míos. Noto su calor y eso me reconforta. Acaricia mi rostro con sus dos manos tatuadas, cierro los ojos y dejo que me bese.

El ruido del televisor del *súper* llega como un zumbido a través de las paredes mientras Joey explora mi boca. A pesar del ruido de la secadora, puedo escuchar la voz que sube y baja de tono del señor Halper, seguramente el comienzo de una nueva pelea. Pero Joey no presta atención al rechinar de las sillas que van de un lugar a otro. Joey mueve sus labios por todo mi cuello, como hacen los gatitos recién nacidos con su madre. Desliza su mano a lo largo de mi espalda, lo cual me produce una extraña sensación.

No sé cuánto tiempo permanecemos así, pero cuando, de repente, trata de meter las manos por debajo de mis vaqueros, lo aparto y me incorporo asustada. Todavía siento un cosquilleo en los labios y me encuentro un poco mareada.

La secadora ha parado y el sótano es ahora un lugar frío y silencioso como una tumba. Dejo caer la cazadora; él no se molesta en agarrarla. Joey se vira de lado y se queda mirando a los gatitos que duermen, mientras que yo me dirijo a la puerta.

—Tengo que irme —murmuro antes de salir.

Joey ni siquiera me dice adiós.

Capítulo 13

—No me siento bien, mami.

Acostada en la cama me siento rota en mil pedazos. Mi cabeza es como un ladrillo y mis piernas se niegan llevarme al colegio. Me tapo con la colcha hasta la barbilla mientras que mami me toca la frente para ver si tengo fiebre. Todavía siento el golpetazo que las amigas de Yaqui me dieron en la cabeza.

—Eso te pasa por salir de noche sin abrigo. Es un milagro que no hayas agarrado una neumonía —dice mami.

No le contesto. No tengo ganas de pelear.

De acuerdo a la palma de su mano estoy destemplada. Va a la cocina y regresa con una taza de té, una aspirina y un frasco de *Vicks VapoRub* que coloca en el suelo al lado de mi cama. Ya soy lo suficientemente mayor como para que no tenga que tomar un día libre en el trabajo y quedarse conmigo. Además, nunca lo hace a menos que sea una emergencia, como cuando me operaron de apendicitis. Y ahora se acercan las fiestas de Navidad y el almacén de Attronica es como un laberinto de cajas desde el techo hasta el suelo para atender la demanda.

—Te llamaré a la hora del almuerzo. Quédate en la cama. —Agarra el abrigo y antes de marcharse, dice—: Lila no trabaja hoy, por si necesitas algo.

Siento un gran alivio cuando se va. Quedarme en casa significa que Yaqui no existe hoy, que no desilusionaré a mis profesores, que no tengo que preocuparme por mi trasero ni por ninguna otra cosa. Cierro los ojos, me doy la vuelta y me arropo con la colcha; cuando oigo el autobús que se pone en marcha, el sueño ya ha comenzado a apoderarse de mí.

Me veo hermosa, montada al cuello de un enorme elefante adornado con joyas. Su cuerpo es muy grande y se mueve con elegancia; su piel es del color del jade jaspeado. Brama y mueve las orejas para abrirse camino entre los espectadores. Puedo percibir el respeto y también el temor de la gente que nos mira al pasar. Se maravillan de mi pelo largo, que cae en cascada sobre mi espalda, de mis piernas, de mi total soltura y dominio.

Paseo por Parsons Boulevard, donde no transitan los autos. Nadie se mete conmigo. La gente me admira y

aplaude. Joey Halper grita mi nombre. Agustín Sánchez
toca el piano desde una azotea solo para mí. Toca un do
sostenido una y otra vez...

Alguien llama al timbre de la puerta incesantemente.

El reloj de la mesita señala las once y media; he dormido tres horas. Gateo por la cama hasta llegar a la ventana y miro a través de las persianas. Es Lila que está abajo y agita una bolsa de papel blanco sobre su cabeza.

—¡Déjame entrar! —Oigo de lejos su voz a través del cristal—. ¡Me estoy congelando!

Me envuelvo con la colcha y aprieto el timbre de la puerta para que pueda entrar. Un minuto más tarde entra en el apartamento temblando de frío.

—Dios mío, si parece que estuviéramos en diciembre. —Me entrega una bolsa grasienta de roscas—. «Comida a domicilio».

Dentro hay una rosca rellena con natilla. Mis preferidas.

—¡Eres un ángel! —digo.

—¿No oíste el timbre? Estuve a punto de llamar a la puerta de la vieja para que me dejara entrar. Cuelga la chaqueta en el perchero que está a la entrada y se frota las manos para calentárselas; entonces me fijo en su nuevo esmalte de uñas color azul marino.

—Me quedé dormida. De todas formas, la señora

Boika no te hubiera abierto. No entiendo cuál es su problema. Desde que nos mudamos no nos ha dirigido la
palabra ni una sola vez.

—Vieja racista —murmura Lila, y se dirige a la cocina.

Yo me siento a la mesa envuelta en la colcha, como si
fuera un capullo. Le doy un mordisco a la rosca y salta un
poco de crema, que me corre por la barbilla, haciendo que
Lila haga una mueca.

—No pongas esa cara —digo chupándome los dedos.
Estoy muerta de hambre. Tengo el pelo revuelto y los labios
resecos y partidos.

Lila pone la cafetera al fuego y saca un cepillo de pelo
de la gaveta donde mami guarda de todo.

—Por lo menos déjame que te ponga presentable.
Déjame que te alise ese pelo.

Se coloca detrás de mí y baja un poco la colcha: yo
le doy otro mordisco a la rosca. De repente, se queda sin
aliento.

—¿Y esto?

—¿Qué?

Me da unos golpecitos con el mango del cepillo en
la nuca y me toco instintivamente. ¿Será otro grano?
¿Varicela?

—¡Tienes tremendo chupón, niña!

—¿Qué?

Corro al espejo del baño para verme; cuando me

levanto el pelo y muevo la cabeza de lado, puedo apreciar el contorno de una mancha de color frambuesa oscuro y siento que mi corazón se acelera. Entonces me viene a la mente el recuerdo de Joey besándome el cuello, y lo único que quiero es buscarlo para matarlo.

—¡Mierda!

Agarro un espejo de mano y me vuelvo de espaldas al de la pared para verlo bien. Es un moretón enorme. Ese tipo tiene labios de trombón.

Lila me sigue divertida y se queda mirándome desde la puerta del cuarto de baño.

—¿Y quién es el pequeño vampiro?

Me sonrojo de un color más fuerte que el del chupón.

—Nadie.

—¿No me digas? —dice Lila riéndose—. ¿Tú misma te diste un chupón en el cuello? En tal caso, podrías trabajar en un circo.

La miro con el ceño fruncido y comienzo a deshacerme la cola de caballo a tirones. Si me dejo el pelo suelto, a lo mejor puedo ocultarlo hasta que desaparezca. Se me saltan las lágrimas en lo que me arranco a tirones el pelo para soltarlo de la goma. Mientras tanto, hago una lista mental de todos los suéteres que tengo con cuello alto. Solo dos. ¡Dios mío! Tengo que ir a la tienda sin falta. Si mami se da cuenta, me mata.

Lila se acerca y me sujeta las manos.

—Por favor, cálmate. No querrás quedarte medio calva, ¿verdad?

—¿Qué voy a hacer?

—Espérate aquí. —Se va y regresa enseguida con un tubo de muestra de maquillaje—. Prueba esto. Si cubre mis ojeras, puede tapar cualquier cosa.

No dice nada mientras me aplico la crema color beige sobre el morado, y poco a poco la mancha comienza a desaparecer. Ahora es simplemente un secreto.

Cuando termino, Lila se acerca y me da un beso en la mejilla. Me cepilla el pelo hasta que lo alisa completamente y me cubre el cuello.

—Te queda bien el pelo suelo —dice cariñosamente—. Te hace lucir mayor.

Mueve el dedo meñique suavemente sobre mis cejas y acaricia mis mejillas estudiando mi reflejo en el espejo.

—¿Qué? —pregunto.

—Piddy, tu mamá está muy preocupada por ti.

Lo que me faltaba: ahora son cómplices.

—Mami se preocupa por todo. Ya lo sabes.

—Es cierto, pero quizá esta vez tenga razón. Dice que saliste anoche sin decir nada. Ella no sabía adónde habías ido. Puede ser peligroso.

No contesto.

Acerca su cara a la mía mientras me mira con cariño en el espejo. Puedo oler el perfume que usa detrás de las orejas hasta que el fuerte olor a café expreso llega de la cocina.

—Piddy, ten cuidado si algún chico te quiere tocar; a lo mejor te gusta, pero te aseguro que no es un juego, por mucho que pienses que es placentero.

La miro sorprendida. ¿Un juego? ¿Jugaba yo con Joey?

—¿Eso piensas tú cuando estás con Raúl?

—No, pero quizá debería.

Suena el teléfono mientras Lila seca su taza. El identificador de llamadas muestra el nombre del Colegio Daniel Jones. Contesto.

—¿Es usted la madre o la persona responsable de Piedad Sánchez? La voz al otro lado suena muy familiar.

—Sí —contesto.

Mi interlocutor resopla.

—No es verdad.

—Dígame —trato de imitar la voz de mami.

—Piddy, no te esfuerces. Soy yo, Darlene.

—¡Ah! —exclamo aliviada. Hoy seguramente le ha tocado hacer llamadas a las casas de los estudiantes que no han ido al colegio. Puedo escuchar voces y teléfonos que suenan a lo lejos—. Por un momento me asustaste. ¿Qué pasa?

Entonces pone voz de secretaria:

—Llamo para verificar su falta de asistencia por enfermedad.

—Claro que estoy enferma y mi mamá lo sabe.

Darlene baja la voz.

—¿Y qué importa eso? —Suena como si tuviera la mano sobre el auricular—. ¡Vaya día para que faltes al colegio! ¡Te lo perdiste! No lo vas a creer.

—¿Creer qué?

—¡La arrestaron! —dice Darlene.

—¿A quién?

—¿Cómo que a quién? ¿A quién va a ser? A Yaqui Delgado. Vino la policía con perros y todo.

Me quedo con la boca abierta.

—¿Estás bromeando, Darlene?

—No, hablo en serio. Mañana te lo contaré todo. Ahora tengo que colgar. ¡Ah! No te olvides de traer una nota firmada por tu madre o te tendré que poner ausencia injustificada.

Y, de repente, se corta la comunicación.

Capítulo 14

Yo había oído decir a las mujeres de la peluquería que todos los días ocurren milagros.

Un día te levantas y, de pronto, ves que la estatua de la Virgen del patio llora lágrimas de verdad o que el tumor maligno de tu tío se disolvió como un cubito de azúcar. Una vez, una de las manicuristas encontró un billete de cien dólares en el bolsillo de su bata el día que tenía que pagar el alquiler de su apartamento, y Gloria juró y perjuró que ella no lo había puesto allí.

Siempre pensé que eran cuentos, pero hoy recibo este regalo anticipado de cumpleaños de Dios, ¿y qué puedo decir? Es como si el Señor mismo hubiera extendido su brazo para socorrerme en estos momentos.

Al día siguiente, cuando llego al colegio, Darlene me espera en el patio de la entrada. Enseguida me da la buena noticia: han suspendido a Yaqui Delgado.

—La policía se la llevó. —Darlene no deja de dar brincos y saltos como una niña de tercer grado, no necesariamente bailando rap—. La agarraron en el pasillo del colegio robando el celular de la mochila de un estudiante. Yo estaba en la oficina cuando entraron con ella para redactar el informe policial. Se considera un delito menor. Tenías que haber oído las cosas que le dijo al policía.

—¿Vinieron sus padres? Si yo me atreviera a robar algo, el castigo de mi madre sería peor que el de la policía. Es que he estado pensando qué clase de gente pudo haber engendrado a alguien como Yaqui. No todos los días sale un diablo en bicicleta.

—Solo la trabajadora social. ¿Te sorprende? —dice Darlene poniendo los ojos en blanco—. Yo creo que es una ofensa de nivel cuatro: una suspensión automática de tres días sin venir al colegio o una semana de castigo en el colegio sin asistir a clase. ¿Quién sabe? A lo mejor la meten en la cárcel y se pudre allí.

Nunca se sabe.

No puedo creer lo que me dice Darlene, pero su sonrisa me confirma que ha sido un milagro de Dios. Voy a ponerle una velita a la Virgen cuando llegue a casa.

Suena la campana y una estampida de chicos sale corriendo hacia las escaleras. Me pregunto si la policía podrá recobrar lo que Yaqui ha robado. ¿Será posible que pueda recuperar mi elefante de jade después de todo?

Suelto un suspiro y me imagino a Yaqui acostada en el frío suelo de su celda con ratas corriéndole por todo el pelo. El día de hoy promete ser un buen día.

Cuando era pequeña, mami trataba de hacerme sentir mejor diciéndome que siempre había otras personas en peores condiciones que nosotras. Antes, cuando estaba apuntada en el programa de almuerzo gratis que daba el colegio para las familias de escasos recursos, me decía que pensara en la suerte que tenía, pues había niños en países del tercer mundo que no tenían nada que comer y se llenaban de parásitos por caminar descalzos. Me imagino que pensaba que eso me haría sentir mejor cada vez que tenía que entregar el formulario del almuerzo, parada ante toda la clase con mis zapatos viejos.

—Da gracias a Dios por no vivir en el tercer mundo —me decía mientras me hacía llevar el formulario firmado por ella.

Eso es precisamente lo que me viene a la mente cuando llego a mi taquilla y comienzo a guardar mis cosas, feliz porque hoy no tengo que preocuparme de Yaqui. De repente, veo que hay una nueva palabra, «*HOMO*», escrita en la taquilla de Rob. El insulto para cuando «mentecato» no es suficiente.

Dios mío, ¿dónde está la zona libre de acosadores?

A lo mejor saber que no tengo que preocuparme por

Yaqui Delgado es lo que me infunde valor, y sin pensarlo saco mi rotulador negro y comienzo a tachar la palabra con grandes garabatos. Hoy ha sido mi día de suerte, ¿por qué no compartirla?

Ya casi he terminado cuando alguien me toca en el hombro.

—¿Qué hace?

Es el señor Malone, el entrenador. Aspira el fuerte olor del rotulador y me mira con reproche.

—Borro una mala palabra.

Al instante me siento como una mentirosa, aunque haya dicho la verdad. No hay prueba alguna. No se puede leer nada después de mi bello garabato.

Saca su cuaderno y su lápiz.

—Su nombre.

El señor Flatwell, encargado de la disciplina en el colegio, no es una persona muy amistosa que digamos. Según los diplomas que cuelgan en su oficina, tiene un título en Justicia Penal de la Universidad de John Jay. Si me preguntas, me parece un recorrido un poco raro para terminar como profesor en un colegio de secundaria. Es alto, de piel morena y lleva el pelo muy corto. Me doy cuenta de que usa corbata con clip, probablemente como medida de seguridad en caso de que alguien intente estrangularlo. Se puede apreciar su musculatura a través de su camisa.

Sobre su escritorio hay una computadora, un montón de formularios de permisos y un *walkie-talkie* que no deja de emitir sonidos a pesar de tener el volumen bajo. Mi expediente se encuentra abierto en pantalla mientras mantiene las manos cruzadas sobre el escritorio.

—Piedad Sánchez —dice mientras lo lee—. Veamos a qué se debe su visita esta mañana. —Cuando termina, me mira seriamente—: Daño a la propiedad del colegio.

—Eso no es verdad —digo tirando inquieta del cuello de mi suéter.

Hace calor en esta oficina o quizá son mis nervios.

—Hummm..., entonces el señor Malone mintió.

He caído en la trampa.

—Eso no es lo que he querido decir. Alguien había escrito algo en la taquilla y yo solo traté de borrarlo.

Me mira y alza las cejas.

—¿Con un rotulador negro imborrable? —Se echa hacia atrás y saca del bolsillo de su camisa el rotulador negro que me han confiscado. Documento A. Contrabando de acuerdo al Manual del Estudiante.

A decir verdad todo suena bastante inverosímil, incluso para mí.

—Alguien había escrito algo feo en la taquilla y yo solo quise borrarlo.

—Ya veo. ¿Y qué escribieron en su taquilla?

—No fue en la mía, sino en la de al lado.

—Entendido. La taquilla de otra persona. ¿Pero qué ponía?

Traté de analizarlo. Uno nunca sabe con quién habla. Puede que interiormente sea un homófobo y entonces sí que estoy perdida.

—«*HOMO*».

No hay reacción alguna.

—¿Lo escribió *usted*? —pregunta.

Siento que me pongo colorada.

—No, yo solo traté de borrar la palabra. Eso es todo.

—¿Y por qué lo hizo?

En un principio no respondo. No estoy segura de por qué lo hice, pero no quería que Rob lo viera.

—Porque lo escribieron con malicia —dije finalmente.

Se queda absorto mirando sus impecables uñas.

—¿Y de quién era la taquilla?

—De Rob Allen.

—¡Ah!, del señor Allen.

Lo miro fijamente, pero no sé exactamente lo que piensa. Definitivamente no se ha sorprendido. O piensa que Rob es gay y no va a hacer nada o simplemente sabe que Rob es el blanco de las bromas de otros chicos en el colegio. ¿Pero, en ese caso, por qué no hace algo al respecto? ¿No es ese su trabajo? Entonces decido que se lo voy a recordar.

—No sé si es cierto o no, pero de cualquier manera

no es necesario que alguien lo escriba en su taquilla para que todo el mundo lo vea. Al fin y al cabo no es asunto de nadie. Además, este colegio, según tengo entendido, es «ZONA LIBRE DE INTOLERANCIA» —digo con cierto sarcasmo antes de que pueda contenerme—. Por lo menos eso es lo que dicen los pósteres que hay por todas partes.

Se me queda mirando fijamente por unos segundos sin decir nada. A lo mejor no le ha gustado mi «tono». Vuelve la vista a la pantalla de la computadora como verificando algunos detalles.

—Señorita Sánchez, veo que es nueva en el colegio y ya tiene varias anotaciones en su expediente por llegar tarde y por ausencia. Hace dos días que no va al aula de estudio. No es muy buen comienzo. ¿Alguna razón específica por la que ha faltado a clase?

—No.

—¿Le gusta el colegio? ¿Hay algún problema?

Me quedo absorta mirándome el esmalte de las uñas.

—Me gustaba más mi otro colegio —digo con reserva.

Si le cuento lo de Yaqui, será peor. Ser chivata quiere decir que no sabes defenderte y necesitas de un adulto para protegerte. ¿Qué lograría con eso? Sería aún más despreciable de lo que soy ahora: el blanco perfecto de todos.

Justo entonces alguien llama a la puerta abierta detrás

de mí. Por un segundo siento un gran alivio por la interrupción, pero cuando compruebo que es el señor Malone, me encojo en la silla y aprovecho que el señor Flatwell alza la vista para secarme los ojos.

—Hay reunión del profesorado hoy a las cuatro —anuncia el señor Malone con el mismo entusiasmo que si anunciara un examen de colonoscopia.

—¡Ah!, y aquí te dejo la lista de los chicos del equipo de lucha libre —dice acercándose al escritorio del señor Flatwell—. Déjame saber si alguno de estos angelitos no debe participar. —Justo en el momento en que le entrega la carpeta con la lista, repara en mí—. Pero si aquí tenemos a la artista de las taquillas...

El señor Flatwell mueve la cabeza y me mira como un gato que acecha a un canario.

—¿Puedo irme? —pregunto inquieta.

—Todavía no.

Me quedo mirando mis manos esperando a que ellos terminen de hablar. Cuando el señor Malone se retira, el señor Flatwell se reclina en su silla y me mira.

—Señorita Sánchez, ¿hay algo más que quiera decirme? ¿Por qué le gustaba más el otro colegio? Si tiene algún problema, podemos tratar de ayudarla.

Me quedo sentada, en silencio. No me inspira confianza. La suspensión de Yaqui no es nada más ni nada menos que unas pequeñas vacaciones. ¿Qué va a pasar cuando regrese al colegio de la prisión o de dondequiera que esté? No soy tonta.

—¿Señorita Sánchez?

—No. Es cuestión de tiempo. Tendré que acostumbrarme.

El señor Flatwell suspira.

—Garabatear la propiedad del colegio es una falta grave —dice él—. Debería haber reportado el grafiti a un supervisor en lugar de tomar la decisión de borrarlo usted. —Baja la voz y se inclina hacia mí—: No podemos ayudarla si no sabemos lo qué está pasando.

—¿*Ayudarme*?

La situación es tan absurda que no acabo de asimilarla. La cabeza me da vueltas, me tiemblan las manos y me entra una risita nerviosa. Antes de que pueda evitarlo, las lágrimas corren por mis mejillas y me entra una risa tonta que no puedo controlar.

—¿Cuál es el chiste? —pregunta el señor Flatwell.

—Ninguno. Lo siento. —Me muerdo los labios para evitar sonreír—. Por favor, ¿puedo regresar a mi aula? Tengo que ponerme al día con el trabajo de clase.

Me doy cuenta de que no le ha hecho ninguna gracia mi actitud.

—Está bien, pero antes tengo que darle esto.

Me entrega lo que parece ser un documento oficial de disciplina.

—¿Qué es esto? —pregunto.

Tiene que presentarse el sábado a las 8:55 a.m. Todas las acciones traen consecuencias. No olvide que sus padres tienen que firmarlo.

De repente, vuelvo a la realidad y puedo escuchar los gritos de mami.

—¿En serio?

—No soy conocido por mis chistes, señorita Sánchez.

—Pero el sábado es mi cumpleaños.

—¡Ah! —se vira hacia la computadora para verificar lo que le he dicho—. Es verdad. Feliz cumpleaños.

Da por terminada nuestra entrevista y pasa al siguiente expediente.

Me queda un último recurso:

—Pero, señor Flatwell, yo trabajo los fines de semana... —intento explicarle.

Sin alzar la vista dice:

—Me temo que este fin de semana, no. Buenas tardes.

Capítulo 15

Son las seis de la tarde del viernes cuando mami y yo nos bajamos del autobús en la parada de nuestro viejo edificio. Llevo en el bolsillo del pantalón, como brasa ardiente, el papel que me ha entregado el señor Flatwell. Todavía no se lo he dado a mami para que lo firme; a lo mejor convenzo a Lila para que lo firme ella, si es que logro hablar a solas con ella, que lo veo difícil. Cuando Lila da una fiesta en su casa, generalmente hay muchísima gente.

Entramos en el edificio y hay una nota escrita a mano, pegada cerca de los buzones de correo, con la foto de un hombre lobo que nos mira fijamente.

¡BIENVENIDOS A LA FIESTA DE MÁSCARAS!
RON, MÚSICA Y MASCARILLAS DE BELLEZA
ESTA NOCHE, APARTAMENTO 3E
LILA FLORES - AVON

Mami suspira.

—Odio las fiestas —dice.

Estamos en la entrada cuando nos encontramos con la señora Halper con las llaves de su buzón en la mano. Tiene el mismo color de pelo que Joey, pero carece de su personalidad y de su chispa. Es delgada y tímida. Ve la nota de la fiesta y saluda a mami con una pequeña inclinación de cabeza.

—Buenas.

Instintivamente los ojos de mami, al igual que los míos, se posan en el brazo de la señora Halper. En su muñeca se ven cinco pequeños morados, como pequeñas perlas negras.

—Vamos, Piddy —dice mami.

Subo las escaleras corriendo, tratando de no mirar hacia el apartamento de Joey cuando pasamos frente a él.

Lila tiene la cabeza llena de rolos calientes cuando abre la puerta. Lleva puesto un vestido negro muy ajustado y pantuflas.

—¡Ay, qué bueno que llegaron! ¡Estoy atrasada! —Los muebles de la sala están todos corridos contra la pared y hay velas aromáticas por todas partes. Mira a mami y hace un puchero—. Me prometieron que vendrían disfrazadas.

—¿No ves que voy de trabajadora agotada? —dice mami haciéndose la graciosa. Señala la camiseta de la peluquería que llevo puesta sobre el suéter de cuello alto, con la foto de Gloria y Fabio frotándose las narices y dice—: Piddy va vestida de modelo de peluquería.

Lila simplemente mueve la cabeza de un lado a otro.

—Piddy, por favor, pon esto sobre la mesa –dice y me alcanza una botella de ron y un bol de palomitas de maíz.

—Ya veo cuál es tu plan —dice mami observando todas las botellas—. ¡Vaya estrategia de venta!

—No empieces, por favor —dice Lila quitándose uno de los rolos—. Las bandejas de comida están en la cocina. —Le da un beso a mami en la mejilla y entra al baño.

Mami se pone un delantal y hace un leve movimiento de cabeza al ver la bandeja de queso y salami.

—Alcánzame la bolsa, Piddy —dice.

Le doy la bolsa con lo que compramos en la pastelería de la avenida Junction: dos docenas de croquetas de jamón y pastelitos de carne y de guayaba. Fue buena idea la de mami de parar allí antes de venir. A veces pienso que mami es medio adivina.

—Si quieres que la gente compre, hay que darles de comer —murmura colocando la comida en las bandejas. Se queda pensativa—. ¿Habrá suficiente comida? Mejor los cortamos a la mitad. ¿Piddy, sabes dónde guarda Lila un cuchillo que corte bien?

Sé que lo guarda en la tercera gaveta de la cocina, pero esta es mi oportunidad.

—No, pero le preguntaré.

Lila está inclinada sobre el espejo del baño, terminando de ponerse el maquillaje.

—Si de verdad me quieres, firma esto, por favor —le pido cerrando la puerta.

Solamente se ha pintado una ceja, lo cual le da un aspecto raro mientras lee la nota.

—Oye, mijita, esta nota es para Clara. Ella es tu mamá, no yo.

—Por favor, Lila. Me dieron la nota por borrar la palabra «homo» de la taquilla de un chico. —Hago la señal de la cruz y me beso el dedo gordo para que sepa que no miento.

Mami abre y cierra las gavetas y su voz nos llega desde la cocina:

—Caramba, Lila, ¿es que en esta casa no hay un solo cuchillo que corte bien?

—En la tercera gaveta —grita Lila desde el baño—. ¿Qué quiere cortar?

—¡Por favor, por favor, por favor...! —La miro suplicante—. A mami le daría un ataque si lee esto. Además se pondría de un humor de perros y te echaría a perder la fiesta.

Me mira fijamente.

—No me gustan todos estos secretos, Piddy.

—Te lo pido por favor.

—¿Estás segura de que solo tratabas de ayudar a un compañero?

—Sí.

—Si me entero de que me has mentido, Piddy Sánchez, no será con Clara con la que tendrás problemas. Yo misma te dejaré como un mofongo. ¿Está claro?

—Te juro que es verdad.

Suena el timbre de la puerta.

—¡Ay, caray! —Firma rápidamente el papel con el lápiz de ceja y me dice—: Atiéndelas, por favor.

Son las ocho y en el apartamento, ahora repleto, se respira la fragancia de los perfumes Avon que las clientas se prueban. Reconozco a algunas vecinas, pero la mayoría son clientas de la peluquería. Según van llegando, muchas se alegran de encontrarse con mami, ya que apenas la ven una o dos veces al año cuando Lila las reúne a todas en su casa para la fiesta del maquillaje. «*Clara, hace siglos que no te veo. Pero, chica, los años no pasan por ti. ¿Cuál es tu secreto? Bla, bla, bla...*». Pero la peor fue Beba: en cuanto vio a mami, la abrazó llorando.

—Clara, mi vida.

Mami parecía como si la hubieran forzado a dar un beso a un pariente lejano. «Hola, Beba» fue todo lo que dijo, como si hubiera deseado estar en otra parte y no allí.

La música del Gran Combo se oye a todo meter. A

pesar de que Lila tiene todas las ventanas abiertas con guías telefónicas para que no se cierren, hace mucho calor en el apartamento, y yo estoy que me muero con este suéter de cuello alto. Estoy sentada en la mesa de la cocina con una calculadora para sumar el total de las ventas, que hasta ahora son pocas. Solamente ha vendido tres lápices de labios y una cadena bañada en oro. Mientras tanto, los pastelitos de carne vuelan. Pero Lila no se ve preocupada. La noche es larga y ella todavía tiene ron y conversación para cansarlas. Agarro un puñado de palomitas de maíz y observo cómo convence a su primera víctima. Es una señora de cara redonda que nunca había visto antes. Lila le enseña cómo usar el colorete.

—El secreto está en darte un color más oscuro aquí abajo, en esta área. Luego, te aplicas un tono más claro en las mejillas. Así, ¿ves? —dice Lila acercándole un espejo—. Mira esos cachetes. Pudieras pasar por la hermana de Penélope Cruz.

Ni aunque me lo juren.

Me levanto para ver a la gente bailar, aunque en realidad no puedo dejar de pensar en Joey. Miro por la ventana, pero no lo veo en la calle. Estoy segura de que ha visto el anuncio de Lila y sabe que estoy aquí, pero no aparece. ¿Qué significa eso? Quizá cuando la basura se llene, la lleve al sótano para ver si me está esperando allí con los gatos.

Beba baila como un trompo; si se moviera de esa manera en público, seguro que la arrestarían. Lleva una cinta ridícula en la cabeza de la que cuelgan pequeñas calabazas. Tiene la cara cubierta de mascarilla de pepino y parece un extraterrestre bailando merengue. Me encantaría salir a bailar como ella hace pero, de momento, me quedo de pie viendo cómo marca los pasos al compás de la música. Pienso que quizá no sea tan buena idea que dé todas esas vueltas descalza después de haber tomado tanto ron.

De repente se detiene y señala con el dedo su oído. Ha comenzado una nueva canción. La he escuchado antes.

—¡Oye! ¡Es Paquita, la del barrio! —grita—. ¡Paquita! ¡Paquita! ¡Paquita!

Al instante, todas se ponen a cantar *Rata de dos patas*, la canción de moda: «Rata inmunda, animal rastrero, escoria de la vida, adefesio mal hecho».

Lila canta con gusto y pronto todas cantan a coro como marineros borrachos. Y yo me uno a la diversión.

Beba baila cada vez con más frenesí. Da una vuelta y luego otra, tropieza y cae encima de mí.

Mi refresco salta por los aires y los cubitos de hielo caen al piso de linóleo. Por poco se mojan los recibos de las compras. Lila hace un gesto de disgusto al ver lo que ha pasado.

—¡Comadres! Con más cuidado, por favor, que esto

es lo único que tengo. ¿Piddy, mi vida, estás bien? —dice haciéndome un guiño.

—Estoy bien.

Pero el refresco ahora corre por la mesa y entra en mis zapatos.

Ahora Beba gatea por el suelo tratando de recoger los cubitos de hielo que se han esparcido por todas partes, aunque está tan borracha que no atina.

—No se preocupe —digo—. Yo lo hago.

Me agarra la mano y la presiona contra su mejilla color verde pepino. Los espacios en blanco alrededor de sus ojos le dan aspecto de lechuza y apenas puede mover los labios.

—Cuánto lo siento, Piddy. Perdóname —dice.

—No se preocupe, Beba. Fue un accidente —digo.

—Sí, un accidente —repite ella.

—Yo lo limpio.

Alza la vista, todavía embriagada por la canción. Trato de alejarme, pero en un arrebato me abraza fuertemente. Siento que me ahogo con la combinación de alcohol y perfume que emana de su cuerpo.

—Todo el mundo comete errores —dice agarrándome la cara con las dos manos y mirándome fijamente como un hipnotizador profesional—, especialmente en el amor.

Siento que me suben los colores a la cara y enseguida me ajusto el cuello del suéter que se me ha bajado dejando a la vista la obra de Joey. ¿Cómo es posible que ella sepa de nuestro encuentro en el sótano? Trato de zafarme, pero no puedo.

—Todos cometemos errores, Piddy —susurra—. Todos, absolutamente todos. Mira a tu pobre madre.

En ese momento llega Lila e interrumpe la conversación. Mueve la cabeza de un lado a otro al ver todo el piso mojado y sucio.

—¡Beba! ¿Qué diría tu esposo si te viera así? —La ayuda a enderezarse y le toca la frente—. Listo, es hora de quitarte esa mascarilla para ver si te ha eliminado años de encima.

Y van las dos zigzagueando hasta el cuarto de baño, Beba bailando un chachachá y muerta de risa.

Mami está en el fregadero de espaldas a la puerta cuando me acerco a la cocina. Aquí hay más tranquilidad y menos calor. Al verla así, nunca pensarías que hubo un tiempo en que fuera parte de este grupo de mujeres. Ha estado escondida en la cocina la mayor parte del tiempo, la aguafiestas, para no variar, saliendo de vez en cuando a recoger los vasos y platos sucios y rellenar las bandejas con comida. Tiene puesto unos guantes de fregar amarillos y lava los cubiertos de plástico con agua caliente. Odia malgastar.

De repente, cuando voy a entrar, me quedo paralizada. Mami mueve las caderas de un lado a otro de forma seductora. Me quedo a la entrada de la cocina para asegurarme de que el calor no me hace ver visiones. Pero no, mami *definitivamente* está bailando, aunque sea ella sola. Nunca antes la había visto bailar. Hace una pausa cuando solo se oye la música de piano. Inclina la cabeza para escuchar mejor y saca las manos del agua. De repente, sus dedos se mueven al compás de la música a través de unas teclas imaginarias.

—¡Vaya! —digo.

Ve mi reflejo en el cristal de la ventana y no se mueve.

—¡Qué susto! No vuelvas a entrar así. —Mami se sonroja y me señala la pila de platos sucios—. Estas mujeres comen como animales —dice sin darse la vuelta—. Al menos estarán comprando...

—No mucho.

—Como era de suponer. Solo vienen a comer, beber y bailar. Son unas tacañas. ¿Qué piensan? ¿Que Lila tiene dinero? Si fuera por mí, las echaba a todas ahora mismo.

—¿Por qué no sales a bailar un rato? Lo haces muy bien.

Mantiene la vista en el agua sucia, donde flotan trocitos de pastelito, pero puedo ver que sonríe. Seguramente ha estado de pie todo el día en Attronica; lo sé porque tiene los tobillos hinchados.

—¿Y quién tiene tiempo para bailar, niña?

Me acerco al fregadero y agarro un rollo de papel toalla. Justo cuando me doy la vuelta, mami me toma por el brazo.

—¿Qué es eso? —pregunta señalando mi cuello con la barbilla.

Alzo la mano, pero demasiado tarde. Seguramente el cuello del suéter se movió cuando me agaché a ayudar a Beba. Y, peor aún, con el calor, el maquillaje encubridor ha desaparecido. Los ojos de mami parecen inyectados de sangre mientras se acerca para verme bien. Su cara muestra la misma palidez que cuando está muerta de cansancio, pero esta vez además está furiosa.

—No es nada, mami. Tengo que limpiar lo que cayó al piso. Por favor, déjame ir.

—Yo no soy tonta. Eso es un chupón. ¿Quién te lo hizo?

Parada ahí, con el rollo de papel de cocina en la mano, dudo por un instante. Me sujeta fuertemente por el brazo y empiezo a sudar copiosamente.

—Me estás haciendo daño, mami. Por favor, suéltame.

Pero sus dedos hacen más presión todavía.

—Ahora me explico dónde estuviste la otra noche. Restregándote con un chico, como una cualquiera.

Logro soltarme. Ahora soy yo la que está furiosa.

—Yo no soy una cualquiera, y tú no sabes nada de nada, mami.

Estoy a punto de decirle «*mira quién habla de ser una cualquiera*» cuando recuerdo la promesa que le hice a Lila. Me muerdo la lengua y salgo disparada hacia la puerta, pero antes me vuelvo hacia ella, la miro duramente y le digo:

—Lamento que ya no sea tu angelito.

El reloj marca las doce para cuando la fiesta ha terminado. Hubiera durado toda la noche, de no ser por un vecino que comenzó a dar golpes en el techo, y Lila prefiere no tener problemas con ellos. Al final, vendió trescientos dólares. Colocó cincuenta dólares en el bolsillo de mami antes de despedirse con un abrazo.

—Ten paciencia, ¿o es que ya no te acuerdas de que tú también fuiste joven? —escucho a Lila susurrarle a mami.

Me quedo mirando el edificio mientras nos sentamos dentro del autobús. Mami no me habla, eso está claro. Saluda con la mano a Lila, quien nos vigila desde la ventana para asegurarse de que ya estamos en el autobús. Lila nos lanza un beso desde la ventana y cierra las persianas. Junto las manos y miro por la ventanilla una vez más; todo está en silencio.

—¿Buscas a alguien? —pregunta ella.

Le doy la espalda y finjo que no la he escuchado.

En toda esa oscuridad, no vi a Joey por ningún lado.

Capítulo 16

Al día siguiente llego a la puerta del colegio puntualmente a las 8:55. Tengo los ojos medio cerrados y ni siquiera he tenido tiempo de cepillarme los dientes. Mami estaba tan cansada que se quedó dormida ¡precisamente hoy! Me vestí con lo mismo que me puse la noche anterior y tomé un atajo para llegar antes al colegio, mientras mami fue a esperar al autobús para ir a su trabajo.

Cuando llego, el señor Flatwell ya está esperándonos, como era de suponer, en el lugar acordado. Prefiere reunir a su rebaño de víctimas y llevarnos en grupo, una técnica que seguramente aprendió en su profesión. Lleva puesta una gorra de felpa y un chaquetón oscuro. Puedo ver el humo que sale del café que seguramente compró en el restaurante griego de la esquina.

—Buenos días, señorita Sánchez —dice dando un sorbo.

Me falta la respiración, pero ni siquiera puedo apoyarme en la puerta de la entrada, porque ya ha sido decorada para Halloween con pegotes de yemas de huevo y crema de afeitar.

Somos cinco en total. Miro de reojo al grupo y decido que no me interesa hacer amistad con ninguno de ellos. Uno de los chicos es tan grande como un camión; lleva los pantalones casi por el suelo y los bolsillos le caen a la altura de la parte de atrás de sus rodillas. Su rostro no muestra ninguna expresión y da un poco de miedo. Hay una chica con chaqueta de cuero que tiembla de frío. Tiene el pelo pintado de rubio, las piernas flacas y cicatrices en la nariz. También hay un chico bajito, que lleva unos aros con diseño de piel de leopardo, que dilatan todo el lóbulo de sus orejas. Creo que se llama Pipo.

Después de cinco minutos el señor Flatwell mira su reloj y nos hace una señal para que entremos. Pasamos frente a la mesa de la secretaria, que nos sonríe como dándonos la bienvenida. La oficina principal está a oscuras y la puerta está cerrada como de costumbre, pero la Oficina de Programas Comunitarios permanece siempre abierta. Al final del pasillo se reúne una clase de inglés como segundo idioma para adultos. Fuera, dos niños asiáticos corren de un lado a otro esperando a que sus mamás terminen la clase de inglés. A lo lejos se escucha la voz del profesor: «*Repeat: May I have the check please?*».

La clase repite la frase a coro, pero no suena ni remotamente igual.

El señor Flatwell abre la puerta del aula e inmediatamente nos llega un olor a polvo y a sudor. Me dirijo a la fila de atrás, pero antes de que las luces fluorescentes terminen de parpadear, me hace una seña para que me detenga.

—Hoy, no, señorita Sánchez. Todos al frente de la clase, como una familia bien unida.

Echo un vistazo a mis compañeros y me deslizo en el segundo asiento sin decir una palabra. A mi lado ha quedado un sitio vacío.

A continuación, el señor Flatwell abre la gaveta del escritorio con llave y nos pide que le entreguemos nuestro material de «contrabando»: teléfonos, música, chicle..., todo lo que no está permitido. Hablar también está terminantemente prohibido, como si en realidad tuviéramos algo en común que decirnos.

—Habrá un descanso de diez minutos para ir al baño a las diez y media y...

Lo interrumpe el ruido de unas botas por el pasillo. Se vira hacia la puerta para ver quién ha llegado.

—Ya pensaba que se le había olvidado —dice el señor Flatwell.

Cuando me viro para ver quién es, se me congela la sangre. Yaqui Delgado está en la puerta. Me escurro en el asiento y fijo la vista en la pizarra. La cabeza me da vueltas. ¿No había dicho Darlene que la habían suspendido? ¿No debería estar pudriéndose en la cárcel?

—El autobús pasó tarde —dice Yaqui.

—Pero el anterior, no —contesta el señor Flatwell.

Yaqui entra al aula y, de repente, siento un escalofrío. El asiento que está vacío a mi lado es como un monstruo magnético. No puedo respirar.

El señor Flatwell alza la mano en el aire.

—Señorita Delgado, usted tenía que haberse presentado a las 8:55 en punto. Son las 9:06. Ahora tendrá que venir los próximos dos sábados. Por favor, pase por mi oficina el lunes.

Estoy tan contenta que quisiera abrazar al señor Flatwell.

Pero a Yaqui no le ha hecho ninguna gracia. Está tan cerca de mí que puedo percibir su furia.

—No es verdad. Solo he llegado cinco minutos tarde —dice ella.

—Once —dice el señor Flatwell—. Sume bien.

El señor Flatwell saca una carpeta y comienza a revisar unos papeles.

—Hasta la semana que viene —dice él.

—No voy a venir la semana que viene —contesta Yaqui.

El señor Flatwell levanta la vista para verla.

—Esa puede bien ser *una* de sus opciones, pero recuerde que las acciones conllevan consecuencias, ¿de acuerdo?

Yaqui se pone colorada. Gira sobre sus botas ya gastadas para marcharse cuando, de pronto, me ve. Me escurro aún más en el asiento, pero es demasiado tarde. Me ve sentada con la camiseta de la peluquería Corazón. Aunque tengo la vista fija en la pizarra, noto cómo sus ojos me miran de arriba abajo con odio, lo que no pasa desapercibido al señor Flatwell; observa primero a Yaqui y luego a mí como un sabueso olfateando una pista.

—Adiós, señorita Delgado —dice poniéndose de pie entre las dos y cerrando la puerta.

Hace un par de años alguien trató de robarle el bolso a Lila en la calle. Ella caminaba por debajo del puente del metro de la calle 158 cuando dos hombres salieron de un carro y la sorprendieron por detrás. Pero se equivocaron con ella, porque enseguida empezó a darles golpes al estilo Óscar de la Hoya. Le dio un puñetazo tan fuerte en la nariz a uno de ellos que este no pudo reaccionar a tiempo para subirse al carro antes de que su compañero lo pusiera en marcha a toda velocidad. ¡Vaya paliza que le dio!

«¡Qué susto pasé!», nos contó luego mientras se arreglaba las uñas que se le habían roto. Lila es así, aunque tenga miedo, no lo demuestra, pero yo no soy así.

Una hora después de que Yaqui se ha ido, sigo temblando de miedo. Trato de concentrarme en mi trabajo, pero no puedo dejar de mirar por la ventana y pensar en las cosas que pude haber dicho o hecho desde el momento en que Vanesa me vio y me dio el mensaje de Yaqui. Pude haberla empujado. Pude haberle dicho que se fuera al diablo. Pude haberla encarado como un buen gallo de pelea.

Pero no hice nada de eso. Me quedé callada como una tonta y ahora veo que ese fue mi gran error, aunque ya es muy tarde para dar marcha atrás. Todo lo que puedo hacer a estas alturas es esperar a que ella dé el próximo paso.

«Concéntrate», me digo a mí misma mientras trato de ponerme al día con la tarea. La calefacción está muy alta y el calor no me deja pensar bien. Seguramente a Pipo le pasa lo mismo: no deja de dar cabezazos mientras hace el trabajo que le ha asignado el señor Flatwell. Son preguntas tipo test para una prueba estandarizada que Pipo seguramente no pasará. De vez en cuando el señor Flatwell se levanta y sacude su escritorio para que se despierte.

Me esfuerzo en hacer el trabajo, asignatura por asignatura, y trato de calmar mis nervios. Tengo más tarea acumulada que cuando me operaron de apendicitis y estuve tan mala que casi me muero. Al final de la próxima semana entregarán las notas. Quizá si me aplico pueda evitar que mami me suelte un sermón. Bueno, quién sabe si para entonces yo estaré viva.

Trato de resolver los problemas de Geometría lo mejor que puedo bajo este calor sofocante y contesto cuatro páginas de preguntas sobre las células de las plantas y los animales para la clase de Biología. Dejo la tarea de inglés para el final. Saco la lista de las tareas y busco las que dan mayor puntuación. La señora Shepherd es la única de todos mis profesores que tiene un corazón de oro y nos ofrece la oportunidad de hacer un trabajo adicional para conseguir mejor puntuación. Como ya le ha llegado el espíritu de Halloween, nos pide que leamos *Frankenstein* o *Drácula* y que hagamos un pequeño examen el lunes. Pero el caso es que aun si pudiera conseguir cualquiera de los dos libros en la biblioteca, no tendría suficiente tiempo para leerlo. Pienso que quizá es mejor que escriba un ensayo. Me seco el sudor de los ojos y leo las pautas que nos ha dado la señora Shepherd para el ensayo:

«Desde los tiempos remotos, los monstruos han formado parte de la literatura. Ya sean mujeres con cabeza de serpientes, vampiros o extraterrestres del espacio, los monstruos siempre han representado el lado oscuro de la naturaleza humana. Si pudieras inventar un monstruo moderno, ¿cómo sería? Descríbelo. ¿Qué representaría?».

Tiemblo a pesar de que tengo la camiseta pegada a la espalda del sudor. Me llega el silbido de la calefacción que sube por las tuberías y mi mente vuela, y solo logro ver el rostro cargado de odio de Yaqui Delgado. Entonces, repentinamente, mi pluma se mueve de forma automática sobre el papel en blanco, haciendo un ruido como un ratón que escarba en la noche.

—¿Señorita Sánchez?

El señor Flatwell está de pie frente a mí. Alzo la vista y me froto los ojos. Son las 11:59. Tengo la pluma agarrada fuertemente entre los dedos y, sobre mi mesa, los papeles han quedado arrugados y húmedos por el peso de mi cabeza.

—Ya puede irse —dice él.

Miro a mi alrededor y compruebo que ya se han ido todos. Sobre mi escritorio hay seis hojas de papel arrugado, escritos con mala caligrafía, y me apresuro a ponerlos en orden.

—¿La tarea de inglés?

Niego con la cabeza guardando con rapidez los papeles en mi mochila. ¿Habrá leído lo que escribí?

—No, es un ensayo.

El señor Flatwell se pone el abrigo y la gorra, y compruebo que no le corre ni una gota de sudor. Ha dejado su mesa impecable, como cuando llegamos. Apaga las luces y espera por mí en la puerta.

—¿Cuál es el tema?

Me cuelgo la mochila y, de repente, siento vergüenza.

137

—Nada importante.

Mientras caminamos juntos por el pasillo se me hace un nudo en la boca del estómago. ¿Y si Yaqui me está esperando afuera? La última clase de Inglés como segundo idioma ha terminado y me quedo rezagada para dejar que los alumnos salgan primero. Finalmente solo queda el señor Flatwell, quien me abre la puerta para que yo salga.

—¿Pasa algo, señorita Sánchez?

Los rayos del sol entran por la puerta abierta. Debo sentirme feliz de que mi castigo haya terminado y pueda irme a casa, pero solo de pensar lo que me pueda acechar ahí afuera me deja inmóvil. Me lleno de valor, paso apresuradamente a su lado y salgo a la calle.

No me molesto en ponerme el abrigo; simplemente salgo corriendo.

—Señorita Sánchez —me llama el señor Flatwell.

Me viro sin dejar de mover los pies. Todavía la cabeza me da vueltas y tengo miedo de ir sola hasta casa. El frío penetra en mí como la mordida de un vampiro y chupa mi valor como si fuera sangre.

—Espero no tener que verla por aquí otra vez —dice el señor Flatwell.

Presa del pánico, me lanzo a correr hacia casa.

Capítulo 17

—Estás preciosa —dice Lila.

Es mi cumpleaños, y para celebrarlo hemos venido a cenar a un restaurante con Raúl, el novio de Lila. Antes de salir, Lila me arregló el pelo, que me cae suelto hasta los hombros. También me prestó unos zapatos de tacón alto que hacen juego con el vestido de diseño africano que compré con Mitzi.

Mami frunce el ceño. Todavía está disgustada por lo del chupón, y ahora este vestido es una razón más para que piense que voy por mal camino.

—¿Por qué no sonríes? —dice mami—. ¿Qué pasa? ¿Tuviste un mal día en Corazón?

¿Que sonría? ¿Cómo puedo sonreír después de haber visto a Yaqui esta mañana en el colegio?

Lila interrumpe y le pasa el menú a mami.

—Mira a ver qué te gusta.

Mami también está elegante esta noche, cosa rara en ella, porque nunca se arregla a menos que tenga que ir a un funeral. Tiene puesto un vestido negro con un collar de perlas falsas y calza zapatos con puntera. Luce tan diferente que parece otra persona, excepto cuando abre la boca para decir algo. Creo que ella piensa lo mismo de mí. No deja de mirar el escote de mi vestido, mi cuello, donde ya apenas se distingue la marca del chupón.

Esta es la primera vez que Lila trae a su novio con nosotras. No sé qué pensar. Dijo que fue idea de Raúl que viniéramos a cenar a este restaurante para celebrar mi cumpleaños. Cuando le contó que a mí me gustaba la carne de puerco tanto como a él, dijo: «Conozco el mejor lugar para comer lechón asado».

En un principio mami dijo que no.

«Pero ¿por qué no? —preguntó Lila—. Piddy ya es mayor. Dieciséis años es una celebración importante para las chicas norteamericanas y Piddy nació aquí. No es una fiesta, pero tampoco podemos seguir celebrando su cumpleaños en el zoológico».

Para ser sincera, echo de menos el zoológico, pero entiendo que ya soy muy grande para eso. Así que ahora estamos en el Rincón Criollo en Jackson Heights, aunque, a decir verdad, no me siento con ánimos para celebrar nada esta noche, ni siquiera mis dieciséis. El año pasado, cuando cumplí los quince, mami se veía más entusiasmada, si bien

140

tampoco tuve una fiesta de «*quinceañera*». Eso hubiese significado tener que ponerme un vestido de tul y una tiara de brillantes como una muñeca. *No, gracias.* Por suerte, mami no tenía el dinero ni yo las ganas. Haber pasado por la experiencia de los quince de Mitzi fue suficiente. Su mamá organizó la fiesta en Leonard's de Great Neck, una conocida sala de fiestas. Como Mitzi es tan tímida, fue su mamá la que tuvo que invitar a los chicos a la fiesta. Fue realmente vergonzoso.

«Quisiera morirme», me dijo Mitzi mientras yo la ayudaba a vestirse. Lo pasó francamente mal toda la noche, rodeada de chicos que apenas conocía.

Me hubiera gustado que Mitzi estuviera con nosotros esta noche, pero no pudo ser. Su equipo de bádminton tenía una competencia en Riverhead. Estaba muy entusiasmada cuando me lo dijo ayer por teléfono mientras yo escuchaba al fondo las voces de sus amigas.

«Lo celebraremos juntas la semana que viene», me dijo apresuradamente. Hablamos tan poco que ni siquiera tuve tiempo de contarle lo del castigo que me pusieron por el incidente de la taquilla.

A decir verdad estoy disgustada con ella. Me dijo que nunca recibió el mensaje que le envié por teléfono de que Yaqui me había robado, pero no estoy tan segura. ¿Mentiría Mitzi? Tengo muchas cosas que contarle, aunque cada vez es más difícil poder hablar con ella. No sabe nada sobre Joey ni lo del chupón, algo que nunca *jamás* va a creer. Siempre pensó que Joey era simpático, pero también lo son las crías de los osos pardos y nunca se le ocurriría a una persona cuerda acostarse con ellos, diría ella. Últimamente, cada vez que la llamo, siempre está ocupada y me pregunto si es que ya no quiere saber nada más de mí ni de mis problemas.

Trato de pensar en cosas agradables, como que esta noche, para variar, estamos cenando en un buen restaurante. Visto desde fuera, el Rincón Criollo no parece nada del otro mundo, pero dentro todo es diferente. Para empezar, la anfitriona lleva puesto un vestido muy elegante y zapatos de tacón alto. Las palmeras de seda están adornadas con luces de colores y se escucha una música agradable por todo el local. El restaurante huele a ajo, comino y a delicioso lechón asado que se te hace la boca agua.

—Este lugar tiene clase, ¿verdad? —susurra Lila a mi oído.

Se da la vuelta y saluda con la mano a Raúl, que conversa en el bar con alguien conocido. Raúl conoce al dueño y su mejor amigo trabaja por las noches en la barra del restaurante. Hay un grupo de hombres jóvenes que mira atentamente hacia nuestra mesa, probablemente a Lila, aunque uno de ellos me sonríe. Me viro disimuladamente para asegurarme de que no hay nadie detrás de mí.

Mami tarda una eternidad en leer el menú, a pesar de que estoy segura que oye los ruidos que hace mi estómago.

—Compartamos algo —dice ella.

—Pero, mami, yo tengo hambre.

—En estos lugares sirven mucha comida; no te lo vas a poder comer todo y sería un desperdicio.

Lila hace un puchero.

—Clarita, por Dios, que es su cumpleaños. Deja que coma lo que quiera. Raúl invita.

Mami pone cara de horror.

—De eso nada. Ni hablar, yo pago por nosotras dos o no comemos.

Suspiro.

—Está bien. Compartimos.

—Aquí tienen, señoras —dice Raúl colocando dos mojitos sobre la mesa.

Le hace un guiño a Lila y se sienta a su lado. Ahora que lo veo bien, entiendo todo ese alboroto de las clientas de la peluquería. Es alto y tiene músculos por todas partes, incluso en la mandíbula. Lleva el cabello muy corto y de punta. Tiene los ojos color castaño como su piel. Usa una agradable loción de afeitar. Mami dice que es un engreído, nunca una buena señal en un hombre. Engreído o no, es guapo, y además uno se siente más seguro con un hombre que carga una semiautomática.

—Me encanta esa canción —dice Lila cerrando los ojos y moviéndose ligeramente al compás de la música, sin dejar de beber su mojito—. El *tumbao* de piano es excelente. Tú tocabas eso antes, Clara, ¿verdad?

—No recuerdo —dice mami.

—Vamos a bailar —le dice Raúl a Lila.

Lila está a punto de levantarse cuando mira hacia donde yo estoy sentada y sonríe pícaramente.

—Tengo una idea mejor —señala—. Baila con Piddy. Hoy es su cumpleaños y baila muy bien; yo la he enseñado. —Se inclina y me susurra algo al oído—: Deja que esos tontos del bar se queden con la boca abierta.

Por poco derramo la soda; menos mal que Raúl no se dio cuenta. Sé que preferiría tener a Lila entre sus brazos, pero sonríe mostrándome sus dientes y me ofrece la mano.

—Será un placer.

Después de todo, no baila tan bien como yo pensaba. Primero me siento como una escoba en sus brazos bajo la atenta mirada de mami, hasta que finalmente me dejo llevar por la melodía y me relajo. Comienzo a mover las caderas al ritmo de la música, y Lila sonríe complacida desde la mesa viendo cómo doy vueltas y vueltas sin perder el paso, tal y como ella me ha enseñado. De reojo puedo ver cómo los hombres que están en la barra han dejado de conversar para mirarme. Mami también se ve más relajada, aunque es

144

difícil saber en lo que piensa. Y la visión de Yaqui Delgado se desvanece, aunque sea por unos segundos.

—¡Qué bien! —grita Lila alzando su vaso.

Cuando termina la música, Raúl me acompaña a la mesa y retira mi silla muy gentil. Estoy tan agitada y sudorosa como si hubiese echado una carrera.

—Tenías razón, Lila. Piddy sabe bailar muy bien. —Se vira hacia mami y dice—: Clara, me temo que su hija va a romper muchos corazones, quizá incluso alguno aquí mismo esta noche —continúa, señalando en dirección a la barra.

Mami asiente con la cabeza, pero sigue leyendo el menú.

—No me lo recuerdes, por favor —contesta ella.

Durante el resto de la noche, Lila y Raúl nos entretienen con sus divertidas historias. Raúl nos cuenta que se crió con cuatro hermanos en Washington Heights. Sus hermanos siempre se metían en líos y fue así como llegó a conocer a muchos de los policías del barrio. Luis, su hermano mayor, era drogadicto y no logró superar la adicción. Murió a consecuencia de eso.

—Esa es la razón principal por la que hoy soy policía.

Mami no deja de revolver su mojito mientras escucha la conversación. Pienso que la ciudad de Nueva York debe ser mucho más fascinante que Queens. Casi nunca vamos a Manhattan porque mami odia viajar en metro; dice que está sucio y lleno de gérmenes. Me pregunto cómo será vivir en una casa con tantos hermanos que se pelean y gritan, cómo será vivir con un padre o con un hermano, aunque se metan en líos. Me imagino que en cualquier caso te sentirás más segura.

Pero en ese momento Raúl dice algo que me trae a la realidad.

—Pero ser policía hoy no es fácil. Bland es un barrio muy peligroso.

—¿Es esa tu ronda? —pregunto. Ese es el barrio de Yaqui—. ¿Trabajas ahí todos los días?

Raúl asiente.

—Puedo estacionar el carro patrulla en cualquier esquina y mantenerme ocupado desde el amanecer hasta el anochecer —dice—. La semana pasada encontramos a un chico con un balazo en la cabeza en la entrada de uno de los edificios.

Mami se persigna.

En ese momento José nos sirve más bebidas y la camarera se presenta con cuatro flanes individuales. El mío tiene una velita chispeante en el centro. Todos en el restaurante me cantan *Las Mañanitas,* aunque bastante desentonados, y a continuación *Happy Birthday.* Mami aplaude y sonríe cuando terminan.

El viaje de regreso transcurre en silencio. Mami y yo vamos sentadas en el asiento de atrás. Lila va delante, muy cerca de Raúl. En la radio se escucha un bolero romántico, perfecto para bailarlo despacio con alguien que amas. Posiblemente es lo que ellos harán cuando lleguen al apartamento de Lila. El aire de la noche es fresco, pero no parecen sentirlo. Quisiera que este recorrido no acabara nunca.

—Raúl, ¿has estado casado alguna vez?

La pregunta de mami nos toma a todos por sorpresa.

Puedo ver los ojos serenos de Raúl en el espejo retrovisor. Mami mira por la ventanilla hacia fuera como si estuviera a miles de millas de distancia.

—¿Qué?

—Clara... —comienza a decir Lila.

—Casado. ¿Que si has estado casado antes?

La sonrisa de Raúl no desaparece, incluso cuando mira a Lila.

—Sí, estuve casado una vez, hace mucho tiempo.

—¿Y dónde vive tu esposa ahora?

—¡Mami!...

Qué le importará a ella.

—*Mi ex esposa* —corrige él—. La última vez que supe de ella vivía en Bayside. ¿Lo preguntas por alguna razón?

Lila se sonroja y parece como si el aire fresco fuera a explotar como una bola de fuego.

—Ninguna razón —dice Lila firmemente mientras se

147

da la vuelta y le lanza una mirada de reproche a mami—. Clara es mi mejor amiga, pero es también muy curiosa.

Mami se vira al frente y sostiene la mirada de Lila, pero no dice nada. Se ve triste; las líneas que corren a ambos lados de su boca lo demuestran.

El resto del viaje transcurre en silencio, excepto por la música de la radio. La magia de la noche arruinada por algo tóxico que nadie se atreve a mencionar.

—Muchas gracias por el lechón —digo a Raúl cuando nos deja frente a la casa. Me acerco a la ventanilla para despedirme—: Todo estaba delicioso.

—De nada. Gracias a ti por el baile —dice Raúl.

Lila se queda mirando a mami, que ya está subiendo los escalones. Me acerca a ella y me da un beso.

—Te quiero mucho —dice.

Subo corriendo los escalones, pero antes de entrar oigo que Lila me grita:

—¡Feliz cumpleaños, Piddy!

Me viro y me despido con la mano, mientras las luces del carro desaparecen calle abajo y el suave y cálido bolero toca ahora solo para ellos dos.

Capítulo 18

Según Darlene, solamente hay un baño en todo el colegio que puedas utilizar sin miedo a que nadie se meta contigo; es el que está al lado de la oficina principal, pero tengo tan mala suerte que el conserje tiene bloqueada la entrada con los cubos de limpieza. Darlene trata de entrar, y él nos impide el paso con la trapeadora, que apesta a desinfectante.

—Uno de los inodoros se ha atascado —nos dice señalando el agua que corre por el suelo—. Usen el baño que queda al lado de las taquillas.

Darlene le lanza una de esas miradas que cortan y dice:

—¡Oh, sí, claro! —Se vira hacia mí y me dice—: Cuando termine la próxima clase iremos a la enfermería. Le dices a la enfermera que tienes la regla y te dejará entrar al baño.

Pensándolo bien, las cosas han estado bastante tranquilas esta semana. Yaqui todavía sigue suspendida. Aunque tiene que venir al colegio todos los días, el aula de castigo está en el segundo piso, y a mí no se me ha perdido nada por allí. El lunes entregué mi trabajo y he llegado puntual a clase toda la semana. Trato de no pensar en la semana que viene, cuando Yaqui ya no esté castigada; solo de pensar en eso, me entran ganas de hacer pis.

—Hola, Piddy —me saluda Rob cuando entramos a la clase de Inglés.

Últimamente se me queda mirando más de lo habitual, y me pregunto si se habrá enterado de que fui yo la que garabateó su taquilla.

Darlene me agarra del brazo para que siga adelante y no me detenga.

—Es absolutamente repugnante —murmura Darlene.

—Hola, Rob —lo saludo ignorando a Darlene.

—Siéntense —dice la señora Shepherd mientras comienza a repartir los trabajos. Si le pareció bien mi ensayo, es posible que consiga una «B» en la nota final a pesar de los ceros. Mami no estaría satisfecha del todo, pero por lo menos sería mejor que la «D» que seguro recibiría sin la puntuación adicional, y entonces sí que iba a arder Troya. Darlene está rebosante de alegría con la «A» que le han puesto por su trabajo y se apresura a guardarlo en su carpeta organizada por colores. Espero a que la señora Shepherd termine de repartir los trabajos, pero cuando ya no le queda ninguno, no tengo el mío, y estoy segura de que lo entregué.

—¿Dónde está el mío? —pregunto.

Se vira y me mira por unos segundos. ¿Será que no le gustó? En realidad yo estaba un poco atolondrada cuando lo escribí. De hecho, ahora que lo pienso, se me ponen los pelos de punta: el monstruo que yo describí era igual que Yaqui. Un monstruo disfrazado de estudiante, con el pelo recogido en un moño y ojos de acero, que devora los corazones de la gente sin piedad ninguna. La describí con colmillos afilados, un trasero grande y un cutis horrible.

Poco a poco a la señora Shepherd se le dibuja una sonrisa.

—Bueno, tengo buenas noticias y creo que este es un buen momento para compartirlas. Seleccioné los mejores escritos para la revista del colegio, y el tuyo es uno de ellos.

—¿Desde cuándo tenemos una revista en este colegio? —pregunta Darlene.

—Desde este mismo momento —contesta la señora Shepherd—. Esta clase será parte del primer comité editorial. Es más, ya he pensado en la persona que se encargará de la redacción de la revista.

Darlene alza la mano como para que la señora Shepherd no continúe.

—Lo siento, señora Shepherd, pero este semestre tengo mucho trabajo y no puedo encargarme de la redacción de la revista.

La señora Shepherd sonríe.

—En realidad, se lo pedí a Rob.

Darlene abre y cierra la boca como un pez fuera del agua. Me viro para mirar a Rob y veo que se le han puesto las orejas rojas. Llena de pánico me vuelvo hacia la señora Shepherd.

—¿Dónde está mi trabajo? —pregunto nuevamente.

—Todos los ensayos que fueron seleccionados se han puesto en el tablero de anuncios del Departamento de Inglés como publicidad para el primer número de nuestra revista —dice ella radiante de alegría—. Excelente tu escrito sobre monstruos —me dice colocando su mano sobre la mía.

Debo estar soñando. Si alguien con un poco de cerebro lee mi ensayo, va a reconocer al verdadero monstruo, y ese será mi fin.

—Devuélvamelo —digo.

—Solamente estará expuesto durante una semana y después te lo devolveré. Te lo prometo.

Niego con la cabeza.

—No quiero que mi escrito esté en el tablero.

—¿Por qué no? —pregunta ella amablemente—. Escribes muy bien y debes sentirte orgullosa de ello.

—¡Porque es privado! —digo alzando la voz—. Porque debió haberme preguntado antes.

—Piddy, por favor, cálmate —dice la señora Shepherd—. Hablaremos cuando termine la clase.

—No, yo quiero mi ensayo ahora mismo. ¿Dónde está ese tablero de anuncios?

Todo el mundo nos mira. La señora Shepherd se coloca las manos en la cintura y no se mueve. Es muy buena persona, pero incluso ella tiene un límite.

—Bueno, no te lo voy a dar *ahora mismo*. Te lo devolveré cuando *termine* la clase.

La clase dura una hora, y cada vez estoy más furiosa. ¿No debería haberme pedido permiso antes? Bueno, en realidad la culpa es mía. ¿En qué estaría yo pensando? Mi única esperanza es que nadie lo haya visto, especialmente Yaqui o cualquiera de sus amigas.

Tan pronto suena la campana, la señora Shepherd me pide que me acerque a su escritorio, pero la ignoro y salgo disparada del aula. No sé cuál es o dónde está ese tablero, pero tengo que encontrarlo rápidamente. Me abro paso entre la gente y busco por todo el primer piso; no lo encuentro. Solo veo una vitrina con trofeos y placas que datan de 1990. Entonces recuerdo que el Departamento de Inglés queda en el segundo piso, cerca del aula donde están los estudiantes suspendidos. Subo los escalones de dos en dos y, cuando llego arriba, apenas puedo respirar. La señora Shepherd ha puesto el anuncio de la revista, con letras de brillantes colores, imposible que alguien no lo vea. El tablero está lleno de anuncios. El borde arrugado cuelga como una larga cinta. Todos los ensayos

153

seleccionados están grapados en el medio. Recorro todos con la vista, pero no encuentro el mío. Vuelvo a mirar, esta vez más despacio, a pesar de que ha sonado la campana para entrar a clase. De repente, me da un vuelco el corazón: justo en el medio hay un espacio vacío donde se pueden ver dos grapas que han quedado sujetando las esquinas de un papel que obviamente ha sido arrancado.

Alguien se ha llevado mi ensayo.

—Despejen los pasillos —se anuncia en voz alta.

Me fijo en los ojos de todos a la hora del almuerzo y especialmente miro hacia la mesa de Yaqui. No hablo con nadie de mi mesa.

—¿Qué te pasa? —pregunta Darlene. No le he contado a quién se refiere mi ensayo—. ¿Tienes la regla o estás molesta por algo?

Tiro mi almuerzo a la basura sin siquiera probarlo y espero en silencio a que abran las puertas para que pasen los estudiantes que están suspendidos, acompañados por un profesor, y se pongan en fila para recoger su almuerzo. Si Yaqui ha leído mi escrito, a lo mejor se le nota en la cara.

Rob se sienta a mi lado, y Darlene dice con sarcasmo:

—Vaya suerte.

—Cállate —le digo.

De momento, Darlene se sorprende, pero al instante se encoge de hombros y bebe un trago de agua de su botella.

Justo en ese momento se abre la puerta y entra el grupo de estudiantes suspendidos seguidos del señor Malone, que se le ve tan entusiasmado como cuando tiene junta de profesores. Solamente entran cuatro estudiantes con él, tres chicos y Yaqui. Juro que lo único que les falta son los grilletes en los tobillos. Hago como si buscara algo en mi mochila, pero no aparto la vista de Yaqui mientras entra en la cafetería.

—¡Ya-qui! —grita alguien desde su mesa.

Es Alfredo. Al instante comienzan a oírse toda clase de piropos.

Ella sonríe a pesar de que el señor Malone le hace una advertencia con la mirada. Se colocan en línea y veo cómo ella y los otros chicos agarran los cubiertos y las servilletas.

Cuando Yaqui ha terminado, se vira y mira a su alrededor. Entonces ve que la estoy observando y me lanza una mirada de odio, pero no estoy segura de si es porque sabe algo o porque simplemente es su forma de mirar. Su cara se me queda grabada. Aun cuando el grupo se ha ido, no dejo de verla.

Unos minutos más tarde suena la campana, y Rob se levanta y me sigue.

—¡Piddy! —me llama tratando de alcanzarme llegando a las escaleras.

Aprieto los dientes y hago como que no lo he oído. En estos momentos no tengo ganas de hablar con nadie. Dos horas más y estaré fuera de aquí. Lo único que quiero es estar en mi casa.

Pero Rob no se da por vencido. Estoy en mitad de la escalera cuando me alcanza y me agarra por el codo.

—Piddy, tengo que decirte algo.

Me viro de repente bastante molesta. No puedo soportar su patética cara. Es un chico débil y apocado. Él es todo lo que yo no quiero ser.

—Mira, Rob, no es nada personal, pero en estos momentos quiero estar sola.

Se le pone la cara roja y se atraganta.

—Pero, es que...

—Por favor, vete.

Me doy la vuelta para irme; entonces me agarra de la mano y me detiene.

—¡Suéltame! —Retiro rápidamente la mano y le doy un leve empujón—. ¿Qué pasa? ¿Es que no entiendes?

No sé cuál de los dos se queda más sorprendido por mi reacción. Su rostro se torna sombrío y se le cae algo al suelo cuando sale corriendo.

Miro al piso y, de repente, me tiemblan las rodillas. Me agacho a recogerlo y me invade una inmensa vergüenza. Es mi ensayo, doblado cuidadosamente en un pequeño cuadrado. Le faltan las esquinas, pero el resto está intacto. Debió de haberse dado cuenta y él mismo lo quitó.

¿Y ahora quién es la idiota?

Rob está llegando al siguiente descansillo cuando suena la segunda campana.

—¡Rob! —grito corriendo para alcanzarlo—. ¡Espera!

Pero ya es demasiado tarde. Rob ha activado su mecanismo de defensa personal y es imposible llegar hasta él.

Rompo el ensayo en pedazos y me dirijo a clase, tarde una vez más.

Capítulo 19

«Es mejor no deberle nada a nadie», mami siempre dice. Ahora veo que tiene razón.

Verifico el nombre en el edificio con el papel que me dio Darlene. Fui una tonta al pensar que ella se ablandaría y se olvidaría del trato que hicimos cuando me consiguió el expediente de Yaqui. Ayer, después de que la señora O'Donnell anunciara que tendríamos una prueba sobre vectores, se acercó a mí para recordarme nuestro acuerdo.

—Hicimos un trato —me dijo cuando traté de darle una excusa—. Mañana en mi casa; aquí está la dirección.

Es un edificio antiguo que tiene una placa en la fachada con el nombre en letras doradas: *THE GLEN ORA*. Tiene un camino hecho de piedra, una entrada con espejos y un portero que se ocupa de mantener el edificio limpio, las plantas bien arregladas y de barrer las colillas de cigarrillos de la entrada. Años atrás debió de ser un edificio de lujo. Todavía tienen consultorios médicos en la planta baja. Aunque el edificio está bastante bien cuidado, aún se puede ver el grafiti bajo las capas de pintura en las paredes, cerca del intercomunicador.

Tan pronto como salgo del elevador en el sexto piso, veo a Darlene esperándome a la entrada de su apartamento. Mira su reloj para recordarme que he llegado diez minutos tarde.

—Esa es Cleopatra —dice cuando entramos—. Tiene dieciséis años.

Una gata vieja me gruñe desde el sofá. Se le ven todos los huesos del espinazo.

—Por aquí —dice Darlene atravesando un largo pasillo.

Su cuarto es pequeño, pero acogedor. Todos los muebles hacen juego y la alfombra huele a nueva. Naturalmente que tiene el cuarto lleno de trofeos y diplomas enmarcados desde primaria. El escritorio está frente a una gran ventana que da a la calle. Desde aquí arriba parece como si los árboles y los carros hubiesen sido colocados siguiendo un orden. Se respira tranquilidad.

Darlene se deja caer sobre la cama, donde descansa su libro de Física abierto.

—Odio a la señora O'Donnell —dice Darlene mostrándome el examen con un 72 en un círculo rojo—. Es la peor profesora que he tenido. —Agarra el libro y lee la primera pregunta en voz alta—: «Una montaña rusa que lleva el nombre de Dragón de Acero parte a una velocidad de tres metros por segundo desde la punta más alta de la estructura y logra una velocidad de 42.9 cuando llega abajo. Si la montaña rusa partiera desde abajo, ¿qué velocidad lograría en el punto más alto? La fricción es mínima». —Darlene alza la vista y me mira estupefacta—. ¿Y se puede saber a quién diablos le interesa?

—A mí, no.

—¿Tienes la respuesta? —pregunta ella.

Busco el papel de la tarea en mi bolsillo y se lo entrego.

—Lo resolví anoche.

Darlene arquea las cejas y suelta una risita cuando lee la respuesta.

—Voy a cambiar algunas palabras para que no se dé cuenta.

—No tan rápido —digo quitándole el papel. Nada me haría más feliz que irme de aquí enseguida. Incluso como tengo tan mala suerte, es posible que esta situación no termine bien—. Yo prometí ayudarte a estudiar. No a hacer trampa.

—Yo no soy tramposa.

Respiro profundamente.

—A ver, dime qué vas a hacer si la señora O'Donnell te pregunta cómo llegaste a esa respuesta. Hacer trampa es considerado una violación del código de honor o algo por el estilo, ¿no es así?

—Es una ofensa de segundo grado —dice ella con pleno conocimiento. Me doy cuenta de que se lo está pensando y le doy un dato decisivo:

—Si te agarran, perderás el trabajo de la oficina y acabarás en el aula de estudio.

Durante la siguiente hora nos metemos de lleno en energía cinética y potencial, velocidad y gravedad. No es fácil. Tengo que recordarle todo el tiempo que lo que ella llama «sentido común» no es compatible con la lógica científica.

—Mira —le digo—, olvídate de lo que tú piensas que debe ser. El mundo no funciona de esa manera.

Continuamos trabajando con las leyes de la gravedad y cuando terminamos, se echa sobre la cama.

—No está mal.

—¿El qué?

—Lo bien que se te da la ciencia. Supongo que solicitarás admisión en McCleary.

Me levanto para ponerme el abrigo.

—¿Qué es McCleary?

Darlene pone los ojos en blanco.

—J. C. McCleary, tonta, yo misma te di la información. Es una academia especializada en Ciencias para alumnos del décimo primero y décimo segundo grado, y te dan créditos universitarios. Tengo entendido que tienen buenos programas de Ingeniería, si no te importan los frikis. Pienso que eres lo suficientemente inteligente como para poder entrar en ese colegio. —Se me queda mirando por un segundo y dice—: Además, tienes la ventaja de ser latina y eso es un factor a tu favor para que te acepten.

Sería un placer poder aplastarle el cráneo en estos momentos.

—Pero es que no quiero ser ingeniera —digo.

—Déjame adivinar. Quieres ser escritora. Y unirte a esa estúpida revista de la señora Shepherd —dice haciendo una mueca.

Creo que está molesta, o más bien dolida, porque no la eligieron como jefa de redacción de la revista. O quizá lo que le molesta es que hayan elegido a Rob.

—No estoy interesada en formar parte de la revista.

—Te comprendo. ¿A quién puede interesarle formar parte de ese equipo con Rob a la cabeza?

—No es eso —digo con firmeza.

Agarra la almohada y se recuesta sobre la cama.

—Entonces, ¿qué piensas hacer cuando termines la secundaria? —Como no respondo se incorpora y añade —:Mis padres quieren que estudie Contabilidad en Hofstra —dice y hace como si se metiera el dedo en la boca para vomitar—, pero yo quiero tener mi propio negocio. Mi tía tiene una empresa de carteras. Yo trabajo en la oficina durante las vacaciones de verano. Dice que tengo dotes de liderazgo.

—Me parece muy bien. —Solo de pensar que Darlene tenga una autoridad ilimitada me da escalofríos.

Nunca le he dicho a nadie, excepto a Mitzi, lo que quiero ser de mayor, y no me siento con ganas de contárselo a Darlene. Los sueños no son para compartirlos con todo el mundo, y menos con una persona tan realista como ella.

—Me gustaría estudiar a los animales —digo poniéndome el abrigo.

—¿Ser veterinaria?

Busco con la vista a Cleopatra, que ha encontrado su trono en el borde de la ventana. Sus patas, un poco artríticas, se estremecen mientras trata de lavarse las orejas.

—Algo por el estilo —digo.

Darlene toma a Cleopatra en brazos y me acompaña hasta la puerta.

—«Piedad Sánchez, veterinaria». He escuchado cosas más locas.

—Adiós, Darlene —digo al pasar a su lado.

—En McCleary también enseñan Biología —dice ella.

La miro sin decir nada hasta que se cierra la puerta del elevador.

Capítulo 20

Es sábado y barro las montañas y montañas de pelo de todos los colores que han caído al suelo. Gloria tiene una oferta especial durante todo el mes de noviembre: champú, corte de pelo y secado por solo veinte dólares, así que el lugar está a tope. Parece que todas las mujeres latinas de Queens quieren arreglarse el pelo para el Día del Pavo; ni Lila da abasto con tanto trabajo. Tengo ganas de que llegue el Día de Acción de Gracias, y no solo por la comida. Me encanta el pavo que hace mami, aunque no estoy segura de que los peregrinos lo comieran con plátanos fritos como nosotras. Lo mejor de todo es que serán cuatro días sin tener que ir al colegio. A lo mejor Mitzi puede venir a casa, si es que algún día decide llamarme.

Estoy medio doblada, usando el recogedor, cuando Gloria me toca en el hombro y me dice algo al oído.

—¿Son amigas tuyas?

Miro a través de la ventana de la peluquería hacia la calle y veo a un grupo de chicas sentadas en el capó de un auto que está estacionado. Es Vanesa y las latinas de su grupo. Pero ¿cómo saben dónde trabajo? Entonces me acuerdo de la camiseta con el nombre de Corazón que llevaba puesta el sábado que tuve que ir al colegio, y me doy cuenta de que Yaqui es más lista de lo que aparenta. Pero ¿qué buscan aquí? Nada bueno, seguro.

—Están ahí fuera desde hace rato —dice Gloria mientras prepara una bandeja con galleticas para ponerlas en recepción—. Puedes salir un momento a saludar a tus amigas, pero no te demores, cariño, porque hoy hay mucho trabajo.

—No son mis amigas —digo sin levantar la vista del suelo.

—¿No? Entonces sal y pregúntales si quieren entrar a arreglarse. No me gusta que estén ahí fuera mirando hacia dentro. Si me preguntas, la más flaca necesita un corte de pelo diferente.

En ese momento, el teléfono de la peluquería suena y Gloria se apresura a contestar: «Buenos días, peluquería Corazón».

Agarro el palo de la escoba y me dispongo a salir a la calle. Instintivamente miro de un lado a otro de la calle por la ventana antes de salir. No veo a Yaqui, pero Vanesa me hace una seña para que salga. Lleva puesto un abrigo de piel sintética y masca chicle como una vaca.

Fabio comienza a dar vueltas alrededor de mis piernas y tengo que apartarlo con la escoba.

—Ahora, no —le digo, pero tan pronto abro la puerta, sale disparado a la calle. Se acerca a Vanesa y a las otras chicas y comienza a olfatear sus zapatos. En estos momentos me gustaría que fuera un dóberman o un rottweiler, cualquier cosa más amenazadora que la mota de pelo que es.

Salgo, pero me quedo cerca de la ventana para que me puedan ver desde dentro. Todavía sostengo la escoba entre las manos por si tuviera que romperle la crisma a alguien, al estilo de Lila.

—¿Qué pasa? —pregunto.

Vanesa va directamente al grano.

—Yaqui quiere pelear contigo —dice.

Trato de no mostrar miedo, aunque me tiemblan las rodillas y tengo la boca seca.

—¿Es que acaso tú eres su mensajera?

—Hoy —dice Vanesa ignorando mi pregunta.

—No voy a pelear con Yaqui —digo—. Ni hoy ni nunca. Yo no le he hecho nada.

Vanesa da un paso al frente.

—¿Quién te crees que eres, zorra? ¿Te crees muy lista? ¿Te gusta volver locos a los chicos con ese movimiento de caderas? ¿No tienes respeto?

—¿Respeto por quién? ¿Respeto por una ladrona y alguien que me lanzó un cartón de leche? Ya puedes decirle que no le voy a dar la satisfacción de pelear con ella.

—¿Tienes miedo? —dice burlándose.

—No, estoy trabajando —digo señalando lo que es obvio y frunzo el ceño amenazante—. Hoy hay mucho trabajo en la peluquería.

—A las seis en el parque Bowne.

El parque Bowne está muy cerca de Northern Boulevard, no muy lejos de aquí ni de Bland. Cuando era pequeña, mami me llevaba a ese parque, me impulsaba en el columpio y sujetaba un extremo del balancín para que yo pudiera subir y bajar. Pienso en los callejones que hay entre los altos edificios de por allí y cómo a esa hora ya empieza todo a oscurecer.

—No.

—Si no vas, ella te encontrará de todas maneras y entonces será peor.

Hasta ese momento, Fabio apenas había gruñido bajito, pero, de repente, comienza a dar fuertes ladridos y con cada ladrido da un brinco y levanta sus cortas patas del suelo. Muestra los dientes, amenazante, aunque nadie lo toma en serio. Vanesa lo mira y pone los ojos en blanco.

En ese momento suenan las campanitas de la puerta y sale Lila. Se seca las manos con una toalla, carga a Fabio y lo mete en la peluquería. Luego se acerca a Vanesa y a mí. Mira a Vanesa de arriba abajo, con una expresión en la cara totalmente desconocida para mí.

—¿Quién es esa? —pregunta seriamente.

No sé qué contestarle. Una parte de mí siente pánico y la otra, un gran alivio.

—Ya se van. —Me doy la vuelta para entrar, pero antes me viro y les digo—: Como ya les dije, hoy no puedo porque tengo mucho trabajo.

Vanesa me mira y luego mira a Lila.

—Nos veremos en otra ocasión —dice ella.

Las otras chicas se bajan del capó y la siguen hasta la frutería, en la esquina de la acera de enfrente. Lila no se mueve y observa todo.

—¿Entras? —digo sosteniendo la puerta abierta—. Hace frío.

Pero Lila no contesta. Mantiene la vista fija en el grupo hasta que desaparecen al doblar la esquina.

Ni siquiera se inmuta cuando Vanesa le hace un gesto con el dedo.

—Piddy, ¿qué es lo que sucede? —pregunta.

—Entra —digo presurosa. El teléfono no para de sonar y hay pelos por todas partes.

—Piddy, por favor, barre el puesto número dos —dice Gloria.

Lila está detrás de mí. Escudriña el cuaderno de citas,

pero me doy cuenta de que en realidad se ha quedado preocupada por esa extraña visita.

—¿A quién le toca ahora ponerse bella? —pregunta.

No acudo a la cita en el parque.

Ya he terminado de trabajar y todavía tiemblo de miedo pensando en la visita de Vanesa. Le digo a Lila que estoy muy cansada para caminar hasta casa y ella está de acuerdo conmigo. Hoy dio champú a ochenta cabezas, todo un récord. Compramos comida en un restaurante coreano cerca de la peluquería y tomamos el autobús para regresar a casa.

—¿Me vas a contar quiénes son esas chicas? —me pregunta tan pronto nos sentamos.

Mantengo la vista fija en el mundo que poco a poco pasa ante mis ojos.

—Son de mi colegio. Querían reunirse después del trabajo, pero no me caen bien. Son unas buscapleitos.

—¿No me digas? —comenta ella—. Mejor aléjate de ellas.

—Es lo que hago.

Cuando llegamos a su apartamento, vemos que han dejado un paquete de Avon en la puerta. Deben ser los productos que vendió el día de la fiesta. La caja es enorme y seguramente va a necesitar que yo la ayude a separar los pedidos.

Me fijo en la hora antes de comenzar a revisarlos, separarlos por clientes y colocarlos en bolsas de plástico. Cinco en punto: pintalabios y colorete para Amanda López. Cinco y diez: una colonia y unos aretes para Beba. Cinco y veinte: una crema revitalizante para María Estela, y así continuamos por largo rato, mientras no dejo de pensar si Yaqui y sus amigas me estarán esperando en el parque y qué harán cuando vean que no voy a acudir a la cita.

Trabajamos hasta las nueve de la noche. Lila se estira hacia atrás y observa el reguero de bolsas de plástico en el suelo. Entonces me mira.

—Es hora de que te vayas a casa y descanses. Eres muy joven para lucir tan cansada.

Miro por la ventana hacia fuera y aunque vivo a unas pocas paradas de Lila, me da miedo que Yaqui me esté esperando en algún lugar.

—¿Sabes qué? —dice Lila—. Necesito un poco de aire fresco. ¿Te molesta si te acompaño un rato?

Me entra un gran alivio al escucharla. Me da un beso y echa algunas muestras de pintalabios en el bolsillo de mi pantalón.

—Si quieres... —digo en voz baja—. Gracias.

La luz de la sala está encendida cuando llego a casa. Mami se ha quedado dormida en el sofá mirando la televisión.

Está en bata y duerme con la boca abierta. Hay un plato con restos de arroz y huevo frito encima de una caja.

No la despierto. La cubro bien con una manta y llevo el plato al fregadero. Entro al cuarto de baño y cierro la puerta para poder pensar mejor. Siento el peso de unas anclas que me hunden. ¿Qué voy a hacer? Es solo cuestión de tiempo antes de que tenga que enfrentarme a Yaqui y a su cuadrilla.

Dejo correr el agua caliente y me quito la ropa. Me miro en el espejo y estudio mi cuerpo. Odio mis curvas y los problemas que me están ocasionando. Si tener buen cuerpo es bueno, ¿por qué es todo lo contrario para mí?

Me echo el pelo hacia atrás para ponerme el gorro de ducha y, de repente, al verme en el espejo, observo que es así como Yaqui lleva el pelo. Busco unas horquillas en la gaveta y me lo sujeto bien. No me meto en la ducha, sino que busco en los bolsillos del pantalón las muestras que Lila me regaló. Encuentro un pintalabios de color vino tinto, que mami nunca me dejaría usar. Me pinto los labios con cuidado. Entonces busco en la bolsa que mami guarda debajo del lavabo y encuentro las pinzas de las cejas. Trabajo despacio y meticulosamente hasta que poco a poco mis cejas son cada vez más y más finas. Se me ha hinchado la piel y tengo los ojos llorosos. Doy un paso atrás y me miro en el espejo: no tengo ninguna expresión en el rostro y mis cejas son apenas una línea muy fina, lo que me da un aspecto fiero. Si mami pasara a mi lado por la calle, seguramente no me reconocería. «Esa no es mi hija», pensaría.

Y estaría en lo cierto.

Quizá este sea mi nuevo yo. Una chica con el valor suficiente para enfrentarse a Yaqui. Pero, si es así, ¿por qué todavía siento miedo?

Capítulo 21

No le digo a Mitzi que voy a su casa. Será una sorpresa. Habíamos quedado en reunirnos esta semana para celebrar mi cumpleaños. Cuando la vea, le contaré lo que me ha pasado y ella me aconsejará lo que debo hacer.

Mami no se opuso cuando le dije que iba a ir. Ella dice que Mitzi es *una buena influencia*. A lo mejor piensa que es lo que necesito en estos momentos, teniendo en cuenta mi transformación cosmética.

—¿Qué te has hecho? —exclamó esta mañana tan pronto me vio. Puso la taza de café sobre la mesa, me miró detenidamente y movió la cabeza de un lado a otro—. ¿Qué te está pasando, Piddy?

—No lo sé —le contesté con sinceridad.

El autobús recorre las calles de Northern Boulevard durante un rato hasta que pasa Great Neck, donde comienzan a verse vecindarios con muchos árboles y con casas más separadas. Se ve menos gente en la calle y también menos diversidad. Todo está muy limpio. Voy sentada en la parte de atrás del autobús y veo cómo el mundo se vuelve más tranquilo con cada milla que recorremos. Pasamos por pastelerías y restaurantes italianos, zapaterías y confiterías. Me pregunto si Mitzi se acuerda de su antiguo barrio de Queens y si es posible que también haya comenzado a olvidarse de mí.

Tardo más tiempo en llegar de lo que había pensado, casi dos horas, teniendo en cuenta lo que tuve que esperar para el segundo autobús, pero al fin llego y encuentro la dirección sin problema. La casa es pequeña y está en unas cuadras hacia dentro de la avenida principal. Es como una casa de muñeca, con el techo en forma de triángulo, como la casita de Hansel y Gretel.

Cuando la señora Ortega abre la puerta, no me reconoce. Me mira extrañada, pero enseguida reacciona.

—¡Piedad! ¿Eres tú? —exclama abriendo la puerta de par en par. —La señora Ortega es bajita, con el pelo negro azabache y ojos vivaces. Mitzi es una versión más estilizada de su madre. Me abraza con fuerza—. ¡Entra, por favor! ¿Sabía Mitzi que venías hoy?

Niego con la cabeza mientras me bajo la capucha. Ahora que estoy dentro de la casa, siento calor. La casa huele a ajo y a carne asada. Los Ortega siempre cenan los domingos en familia, por eso estaba segura de que Mitzi estaría en casa.

—No. Es una sorpresa.

—¿Sí? ¡Qué bueno! Entonces, te quedarás a cenar con nosotros. Pero, anda, ve a buscarla. Está jugando baloncesto con Sophia y otras amigas.

—¿Quién es Sophia?

—Es una amiga del colegio de Mitzi —contesta—. Están practicando para las pruebas de selección.

De repente, se me oprime el corazón. Sin embargo, la señora Ortega se ve tan contenta que parece que va a reventar de alegría.

—Pero Mitzi no juega baloncesto —digo.

Mitzi odiaba cualquier deporte en el que tuviera que correr. Le gastaban bromas por su busto.

—Ahora, sí. ¡Es casi seguro que la seleccionen para el equipo!

Me acompaña hasta el porche y me indica el camino.

—Ve derecho tres calles y luego dobla a la izquierda; enseguida verás la iglesia y el colegio de Santa Ana; ellas estarán en la pista de baloncesto.

Siento que me cuesta caminar.

Oigo sus voces antes de verlas. Gritan, se ríen y hablan entre sí. Me escondo detrás de unos arbustos para poder verlas mejor. La iglesia de Santa Ana es bonita y hay varios edificios que forman parte del colegio. También hay un campo de fútbol y una pista de carreras. En la pista de

175

baloncesto juegan cinco chicas además de Mitzi. Por lo que puedo observar, Mitzi juega defensa y no es muy buena que digamos.

—¡Brazos arriba, Ortega! —grita una de ellas haciendo un pase alrededor de Mitzi para lanzar. ¡Canasta! Las otras chicas vitorean.

—¡Uf! Me temo que no me van a seleccionar para el equipo.

—No digas eso —dice una chica de pelo rizado—. Todavía faltan dos semanas para la selección, y tenemos suficiente tiempo para entrenar.

No es que sea una belleza, pero es bonita. Lleva el pelo recogido en una cola de caballo. Los pantalones de chándal y su ropa deportiva son de marca, como si fuera una modelo de yoga o promoviera alimentos sanos.

Salgo justo antes de que comiencen nuevamente a jugar.

—Hola.

Mitzi me mira asombrada; en un principio no me reconoce. Me bajo la capucha y sonrío.

—¿Piddy?

—¡Sorpresa!

Mitzi deja caer el balón y corre hacia mí.

—¡Dios mío! ¿Pero qué haces aquí?

Me siento un poco incómoda cuando sus amigas se

viran para vernos. Me doy cuenta de que se ha olvidado de nuestra cita, pero por lo menos está contenta de verme.

—Es que pensé que habíamos quedado para vernos este fin de semana.

Mitzi sonríe y me abraza. Mira a sus amigas y me dice:

—Ven que te presento a mis amigas: esta es Heather, Miranda, Chloe, Olive y Sophia. —Se vira hacia mí y les dice—: ella es Piddy.

—Hola —digo tímidamente. Nunca antes había visto a Mitzi hablar con tanta gente a la vez; es como si fuera otra persona—. Conque baloncesto, ¿eh? —digo intrigada.

—Sí —dice Mitzi sonrojada—. Vamos a terminar ya; solo unos minutos más. Estamos practicando para...

—Las pruebas de selección. Me lo dijo tu mamá.

Suena como un reproche, aunque no era esa mi intención. Miro de reojo a las chicas. Parecen simpáticas, pero me doy cuenta de que me examinan, incluso la ropa que llevo puesta. Mitzi estudia mi rostro; quizá se ha dado cuenta de mis cejas. Yo también me percato de algunos cambios en ella, como que lleva unas zapatillas deportivas nuevas totalmente blancas.

Recorro el terreno con la vista.

—Esto parece como un club de campo —digo.

—Es posible —dice Mitzi un poco avergonzada por mi observación.

177

Sophia, que se ha mantenido un poco al margen, se acerca.

—Vamos a comer algo. Puedes venir con nosotras, Patty —dice cortésmente.

—Es Piddy —recalco. Me sorprendo de mi propia brusquedad. Pero es que no conozco a Sophia ni a las otras chicas y me siento un poco fuera de lugar—. No, gracias.

—Piddy... —comienza a decir Mitzi extrañada.

—Es que tu mamá me invitó a cenar —digo tratando de suavizar un poco las cosas.

—Lo siento —dice Mitzi—. Olvidé que tengo que ir a cenar a casa. Espero que no les importe si me voy ahora —dice Mitzi con una sonrisa tristona.

Siento que no dejan de mirarnos hasta que doblamos la esquina. Es como si yo les hubiese robado su divino tesoro.

Durante el resto de la noche crece la tensión entre nosotras, y sé que yo tengo la culpa. En la cena apenas toco la comida y la señora Ortega no para de hablar de Mitzi y de todas las actividades en las que ahora participa. Cuando por fin me pregunta sobre mi nuevo colegio, todo lo que puedo decir es un simple «bien». ¿Qué otra cosa podría contarle?

Más tarde tomamos helado en el cuarto de Mitzi y decido no contarle lo que me ocurre en el colegio. Sería como admitir que soy una fracasada cuando a ella le va tan bien en el suyo.

En el momento de irme, camina conmigo hasta la parada del autobús con las manos metidas en los bolsillos. Es de noche y apenas distingo su rostro, pero por el gesto de su boca sé lo que piensa.

—Te noto cambiada, Piddy —me dice.

—No he cambiado. Soy la misma de siempre.

—Apenas si has hablado en toda la noche y te has pasado todo el tiempo mirando las cosas que tengo en mi cuarto como si fueras una detective.

—A decir verdad, Mitzi, tú eres la que has cambiado. Yo sigo viviendo en Queens, en el mismo lugar de siempre, por si no lo sabes.

En cuanto lo digo, me arrepiento de mi brusquedad.

Mitzi se detiene.

—Pero no eres la misma.

—No sé a qué te refieres. *Tú eres* la que te mudaste, la que tiene nuevas y engreídas amigas, no yo. Te he estado llamando por teléfono durante dos semanas.

—No son engreídas. ¿Y qué tiene de malo hacer nuevas amigas? ¿De verdad preferirías que me sintiera sola y amargada en mi nuevo colegio?

La miro fijamente.

—¿Quieres decir que yo estoy amargada? ¿Es eso lo que piensas?

—Lo que quiero decir es que si les das una oportunidad, verás que tanto Sophia como las otras chicas son inteligentes y simpáticas, que es más de lo que yo podría decir de ti en estos momentos. ¿Qué te ocurre? ¿Te has visto en un espejo? —dice señalando mi cara y mi pelo—. Pareces otra, incluso con ese nuevo aspecto que tienes, das un poco de miedo.

Nunca en toda mi vida se me hubiera ocurrido hacerle daño a Mitzi, pero si pudiera darle una bofetada ahora, lo haría. Por suerte, el autobús dobla la esquina, le hago una señal para que pare y apresuro el paso para alcanzarlo.

—No pasa nada, Mitzi. Absolutamente nada —digo casi gritando—. Todo marcha a las mil maravillas. Es mejor que te olvides de mí y disfrutes de tu nueva vida.

Subo al autobús que me llevará de regreso a casa.

Capítulo 22

Debí haberme dado cuenta de que me esperaban en la esquina, pero estaban fuera del alcance de mi vista, escondidas dentro del portal del edificio, y no las vi hasta que pasé delante de ellas. Fueron listas, tengo que admitirlo. Es viernes. En toda la semana nadie se ha metido conmigo. Demasiado bueno para ser cierto.

Cuando paso delante de ellas, salen y me siguen como una manada de lobos acechando a su presa.

Apresuro el paso para tratar de llegar a casa lo antes posible, pero dentro de lo más profundo de mi ser, sé que es demasiado tarde. Oigo sus risas burlonas a mi espalda. Alguien me lanza una piedra y escucho una voz que susurra «zorra».

Ahora voy casi corriendo y estoy tan cerca de casa que incluso puedo ver las hojas marchitas de los rosales de la señora Boika. Pero ya es tarde. De repente, Yaqui se abalanza sobre mí, me sujeta con fuerza por el pelo y me tira hacia atrás hasta que mis pies quedan en el aire. Vanesa no pierde oportunidad de tomar fotos con el teléfono: *clic, clic, clic.* Alguien me quita la chaqueta de un tirón.

Yaqui es una experta boxeadora, lista para dar golpes con sus puños. Le saco varias pulgadas de altura, pero de nada me sirve. Ella tiene experiencia. Doy patadas tratando de liberarme, pero al fin consigue tirarme al suelo y aplasta mi cara contra la acera. Me pega duro en las costillas; sus amigas observan el espectáculo y se ríen cubriéndose la boca.

—¡Basta ya! ¡Suéltame! —grito.

Lucho desenfrenadamente y trato de clavarle las uñas en los brazos, pero es inútil, estoy en un callejón sin salida. Aunque el colegio es visible desde aquí, no estamos tan cerca como para que alguien pueda ayudarme; solo algún transeúnte que pasa se detiene momentáneamente y sigue su camino. Únicamente podría salvarme un policía, pero no hay ninguno por los alrededores. La señora Boika mira a través de la cortina de su cocina demasiado asustada para intervenir.

Yaqui me agarra por la blusa y me levanta en peso. Tira fuertemente de la blusa hasta cubrirme la cabeza para que yo no pueda ver. Doy patadas a ciegas. Oigo las risotadas de sus amigas mientras lucho por mantener los brazos dentro de las mangas. No voy a dejar que me humille de esa manera.

Entonces se rompe la tela y con un penoso desgarrón caigo estrepitosamente sobre la acera, medio desnuda. Me levanto, corro hasta la puerta y comienzo a golpearla fuertemente.

—¡Déjeme entrar, señora Boika! ¡Por favor! —grito con fuerza.

Pero Yaqui arremete contra mí una vez más. Siento que descarga toda su furia en cada bofetada, en cada mordida. Es como si me comiera viva. Finalmente, consigue humillarme del todo. Desgarra uno de los tirantes de mi sostén de encaje y con toda su fuerza logra bajarlo hasta mi cintura. Me quedo medio doblada frente a la puerta, tratando de cubrirme los senos con las manos, apenas con los vaqueros puestos para que todo el mundo me vea. Los autos que pasan por la calle aminoran la marcha, y la gente saca la cabeza por la ventanilla para ver mejor.

Cuando Yaqui termina se cuelga mi blusa sobre los hombros, como una toalla. Está sofocada, tiene la cara roja y el pelo revuelto. Muestra con orgullo las heridas recibidas. Se ve victoriosa, incluso yo diría que hermosa.

—¿Quieres esto? —Me da un último empujón y deja caer algo al suelo. Es la cadena con el elefante de jade; la tira al suelo y la aplasta con el pie—. ¡Deja a Alfredo en paz! —me advierte, y se aleja con sus amigas como si fueran de paseo.

Lila se queda sin aliento al verme la cara. Los dedos de su mano están arrugados por el agua. Tan pronto entré en casa, llamé a la peluquería. «¡Es una emergencia!», le dije a Gloria casi a gritos. «Por favor, dígale a Lila que venga a mi casa enseguida».

Me agarra la mano sin decir una sola palabra y me conduce al cuarto de baño. Retira la cortina de la ducha y señala el borde de la bañera.

—Siéntate.

Todo mi cuerpo tiembla; nunca había sentido un dolor igual. Tengo piedrecitas incrustadas en las heridas. Lila me lava las palmas de la mano y la cara con una toallita enjabonada tratando de limpiarlas con cuidado. De repente, me echo a llorar desconsoladamente.

—Chsss, chsss, chsss...

Es el sonido que hace Lila cuando está nerviosa, parecido al ruido que emite una olla a presión. Examina mi espalda, como si fuera una costurera el día de la prueba, y observa las marcas de los dientes en mis hombros, los verdugones en mis costados; se detiene cuando ve el arañazo que recorre todo lo largo de mi espalda, causado por el broche del sostén. Sus labios se cierran hasta que son apenas una línea fina.

184

—Quítate la ropa.

La última vez que alguien me vio desnuda, tenía seis años. Me cubro los senos con los brazos mientras Lila disuelve un puñado de sales *Epsom* directamente en el chorro que sale del grifo de la bañera.

—Inhala profundamente y aguanta la respiración. Al principio te va a arder, pero es la única manera de limpiar bien las heridas —dice ayudándome a meterme en la bañera.

Me acurruco y doblo las rodillas contra mi pecho. Es como si te echaran alcohol en un corte abierto. Lila me sujeta cuando forcejeo para levantarme.

—Espera, pronto se te pasará el dolor.

Cierro bien los ojos hasta que el dolor va aminorando. Cuando estoy más tranquila, Lila se sienta al borde de la bañera y enciende un cigarrillo. En un principio no dice nada.

—¿Qué puta te hizo esto? —pregunta finalmente—. ¿La que vino a la peluquería?

—Una de sus amigas. Se llama Yaqui —contesto.

—¿Cuál es su apellido?

—Delgado. Vive en el barrio Bland.

Lila le da una larga calada al cigarrillo y se queda pensativa.

—¿Te metiste con su novio?

—¡No!

Deja salir el humo lentamente a través de la nariz.

—Por favor, no le digas nada a mami —susurro—. Prométemelo.

Lila se me queda mirando.

—¿Estás loca? Tu mamá *tiene* que saber esto.

Salpico el suelo de agua tratando de agarrar el brazo de Lila para que me preste atención. Meter a mami en este asunto me da más miedo que la misma Yaqui.

—¡No! ¡No puedes decirle nada!

Los pantalones de Lila están empapados, pero no se mueve a pesar de toda el agua que ha caído a sus pies.

—¿Y qué explicación le vas a dar cuando vea tu cara? —Tira la colilla al inodoro—. Por si no te has dado cuenta, luces como si te hubiera pasado un camión por encima.

Comienzo a llorar nuevamente. Comprendo que tiene razón.

—¿Pero es que no te das cuenta? Mami irá al colegio y armará un lío delante de todo el mundo. ¿Y sabes qué pasará después? Tendré que ir con Yaqui a la oficina del director, tendremos que darnos la mano y pedir perdón, ya que en este colegio no expulsan a nadie hagas lo que hagas.

—Cálmate —dice Lila.

Pero no puedo controlarme. Lloro casi a gritos.

—¡No me digas que me calme! La próxima vez será

todavía peor. Si no es ella, será una de sus amigas la que acabe conmigo. Si se lo cuentas a mami, estarás cavando mi tumba. Te lo juro por Dios.

Me incorporo para agarrar una toalla y cubrirme.

—Yo te prometí que no diría nada de lo de mi mamá y mi papá y lo he cumplido. Ahora tienes que prometerme que no dirás nada de esto. Si lo haces, no querré saber nada de ti nunca más.

Salgo corriendo y me encierro en mi cuarto, pero Lila no me sigue.

Siento el movimiento de las llaves en la puerta. Estoy sentada a la mesa de la cocina, sujetando una taza de té caliente con las dos manos para que no me tiemblen. Lila ha hecho arroz blanco y ha abierto una lata de frijoles negros para mami. Tiro de las mangas de mi chándal para asegurarme de que no vea los golpes que tengo.

Al principio, mami no nota nada, excepto el olor a cigarrillos. Menea la cabeza cuando ve a Lila fumando en la cocina y el cenicero en el que no cabe ni una colilla más.

—Por Dios, Lila, cuántas veces te tengo dicho que Piddy es alérgica al humo del cigarrillo. ¡Y a ti te va a dar cáncer! —Mueve las manos para disipar el humo y cuando está a punto de sacarle el cigarrillo de la boca a Lila, se fija en mí por primera vez. Su rostro palidece y se lleva las manos instintivamente a la garganta—. ¡Ave María Purísima! ¿Pero qué te ha pasado? —Extiende sus brazos hacia mí—. ¡Hija mía! ¡Dime qué te ha pasado!

Se acerca para inspeccionar mis párpados hinchados, pero me viro enseguida.

—Fue por culpa de esas escaleras estúpidas —digo—. Resbalé y me di en la cara con la barandilla. Por suerte Lila pasó por aquí después del trabajo. No tengo nada roto, aunque siento un gran dolor cuando respiro al hablar.

Mami mira a Lila y luego me mira a mí.

—Quieres decirme que te caíste por las escaleras. —No es una pregunta, mami no es ninguna tonta, y algo está maquinando en su cabeza. Me doy cuenta de que no se ha creído la historia. Va hacia la puerta y la abre—. ¿Dónde exactamente? —Su voz corre por todo el pasillo, casi seguro que llega hasta el apartamento de la señora Boika—. ¿Dónde te caíste?

—Me di en la cara con la punta de la barandilla, ahí abajo. No sé exactamente cómo. Todo sucedió muy rápido.

Bebo un sorbo de té, esperando que dé por terminado el interrogatorio. Trato de que no vea que estoy temblando.

Mami cierra la puerta y regresa a la cocina. No se ha tragado mi mentira, pero usa su propia psicología. Lo que en realidad quiere es que yo confiese, que le diga la verdad de lo que ocurrió. Pero yo callo. Se quita el abrigo despacio, se vira hacia Lila y se cruza de brazos.

—Imagínate. Todos esos años subiendo y bajando por las destartaladas escaleras de nuestro antiguo edificio y mira tú dónde se ha venido a caer mi hija. ¿No te parece extraño, Lila?

Se produce un prolongado silencio y siento una opresión en el pecho. No puedo respirar bien. El humo ha penetrado en nuestras cabezas. Y mami espera pacientemente por la respuesta de su mejor amiga.

Lila apaga el cigarrillo y se levanta a calentarle la cena.

—El mundo es extraño, Clara. Tú lo sabes bien.

Capítulo 23

Me quedo en casa todo el fin de semana y me miro al espejo cada vez que tengo oportunidad. El reflejo es el de una persona diferente. Mitzi me envía varios mensajes por teléfono tratando de hacer las paces, pero no contesto. Si ella viera a esta nueva persona, ¿qué diría? Las cejas son apenas una línea torcida que me da un aspecto perverso. El párpado izquierdo está tan hinchado que casi no puedo abrirlo; lo blanco del ojo es ahora de color rojo vivo. Parece que tuviera la cara torcida del golpe tan fuerte que recibí en la quijada. Estoy llena de moretones por todas partes, incluso donde no se ven.

—¡Piddy! —me llama mami.

«*Piddy está muerta* —quisiera hacerle entender a mami—. *Para siempre. Adiós*». Me veo como una de esas calaveras del Día de Muertos, con una sonrisa siniestra.

Pero seguro que mami ya lo sabe, porque cuando entro a la cocina para ver lo que quiere, me mira largamente, en silencio, como si estuviera en un velorio. Su mirada dolorida traspasa mi piel.

—¿Quieres una aspirina? —pregunta.

—No, gracias.

—No seas cabezona —dice señalando mi frente—. Con ese chichón tiene que dolerte la cabeza. Por lo menos ponte un poco de yodo o deja que te haga presión con una moneda fría.

Me viro para irme.

—¡Piedad Sánchez! —grita.

—¿*Qué?* —Mi voz retumba en la cocina, mucho más fuerte y amenazante que la de ella.

Desconcertada ante esta nueva persona que tiene delante de ella, deja de cortar los pimientos, suspira y finalmente señala con el cuchillo que tiene en la mano la bolsa de basura.

—Saca la basura. El camión pasará mañana. ¡Ah!, y agárrate del pasamanos.

Afuera todo parece tranquilo, pero aun así dudo por un momento antes de salir a la calle. El miedo es ahora mi fiel compañero, siempre a mi lado, vigilante. Los cubos de basura quedan en la parte de atrás de la casa; solamente de pensar que tengo que llegar hasta allí, me pone el corazón a mil. Cualquiera puede estar al acecho detrás de los arbustos. Yaqui, Vanesa u otra persona. Aun cuando cierro los ojos tratando de calmarme, puedo ver a Yaqui y a sus amigas. Puedo percibir su aliento en mi cuello. Me imagino que es igual que cuando uno se siente perseguido por un fantasma.

Justo cuando reúno suficiente valor para salir, veo que algo se mueve en el patio y me sobresalto. Es la señora Boika, doblada ante sus estúpidos rosales, cubriendo con tela las ramas para protegerlos durante el invierno. Curioso: sale a proteger una planta, pero no mueve un dedo cuando ve que a su vecina la matan a golpes delante de ella. Al verme se incorpora y me observa por entre las ramas espinosas. Sostengo su mirada. Dejo que ella me mire bien y se dé cuenta de lo que ocurrió por su culpa. «La odio, señora Boika», le digo con mis ojos. «Ocúpese de sus ramas espinosas».

Finalmente me lleno de valor. Según me alejo de la entrada, apresuro más el paso. Siento miedo y tiro la bolsa sobre los cubos cerrados. Seguramente un animal la romperá, desparramará la basura por todas partes y mami se enojará mucho. Pero no me importa, es lo único que puedo hacer en estas circunstancias. Corro de regreso, desesperada por entrar. Me cae el sudor por el labio superior.

De repente, veo algo en la acera. Es de color verde claro y muy pequeño... Mi elefante de jade, o por lo menos lo que queda de él. La trompa del elefante está rota

192

y una parte quedó hecha trizas bajo el zapato de Yaqui. Nuevamente siento rabia al ver mi elefante destrozado. Me hubiera gustado que la pata de un elefante aplastara el trasero de Yaqui, y dejarla tirada, medio desnuda, en plena calle. Me agacho, con la vista nublada por el llanto, a recoger lo que queda de mi preciado elefante.

—¿Piddy?

La voz me estremece. Levanto la vista y me encuentro con Darlene. Seguramente ha venido para cobrar, una vez más, el favor que me hizo. No contesté a ninguna de sus llamadas, ni a las de ella ni a las de Lila. Borré cada mensaje que entraba, pero obviamente Darlene no se da por vencida. Se saca los audífonos y me mira espantada. Trato de virarme rápidamente para que no me vea bien la cara, pero es inútil.

—¡No me lo puedo creer! —dice.

Recojo lo que queda de mi elefante. Me incorporo con la mayor naturalidad posible mientras ella inspecciona el daño con detenimiento. Siento que mis moretones se hacen más grandes bajo su intensa mirada.

—No te puedo ayudar con la tarea hoy. Estoy muy ocupada —digo.

Darlene niega con la cabeza.

—No es por eso por lo que he venido. No lo creía hasta que vi...

—Vete a casa, Darlene. —Subo los escalones, pero, de repente, me detengo y me viro hacia ella—. ¿Qué es lo que viste?

En lugar de contestarme, busca su teléfono en el bolso. Cuando lo encuentra, me lo pone delante de las narices. Un escalofrío recorre mi espalda.

Es un vídeo, no muy claro, de la web. En él se ve a un grupo de chicas que acorralan y se burlan de otra. Soy yo, o lo que era antes. Se me hace un nudo en la boca del estómago al revivir la pelea en el vídeo. La cámara capta un golpe tras otro, el momento en que Yaqui me arranca la blusa y me cubro el pecho con las manos.

Darlene lo para justo en el momento en que me veo golpeando esta misma puerta, desnuda de la cintura para arriba.

Cierro los ojos y me reclino contra la pared de la casa. Este es mi fin.

—Setecientas cuatro visitas —dice ella—. Perdona, Piddy, quise decir *personas* que lo han visto.

Capítulo 24

Es lunes.

Veo el sol salir entre los edificios y las ramas de los árboles y no puedo dejar de pensar en el colegio. No hay forma de ocultar lo ocurrido ni ningún maquillaje milagroso que pueda esconder lo que ya todos saben: Yaqui Delgado me ha dado una paliza.

Me pregunto cuántas personas habrán visto ya el vídeo. Anoche, cuando miré, había un montón de comentarios, la mayoría acerca de mi «perfecta retaguardia». Un chico dijo que yo era una cualquiera. Cierro los ojos con fuerza para evitar que se me salten las lágrimas. Me imagino a todos en el colegio cuchicheando a mis espaldas, burlándose o incluso sintiendo pena por mí. A lo mejor, como saben que soy blanco fácil, hasta me den golpes.

Oigo a mami que va de un lado a otro en el apartamento. Luego, oigo correr el agua de la ducha y al poco rato enciende la luz del pasillo y abre la puerta de mi cuarto. Tiene el pelo mojado y huele a loción de almendra.

Me quedo inmóvil como un cadáver y aprieto con la mano lo que queda de mi elefante hasta que me produce dolor. Finalmente me toca una pierna para despertarme.

—Tienes que levantarte para ir al colegio —dice.

Entrecierro los ojos por la luz y me incorporo poco a poco. Me duele todo. La postilla del codo ha comenzado a abrirse otra vez.

—Anoche dormiste muy intranquila —dice ella—. Hablabas dormida.

—Seguramente tuve un sueño —digo.

Pero de una cosa estoy segura y es que no volveré a pisar ese colegio. Nunca *jamás* regresaré a Daniel Jones.

—¿Me vas a ayudar sí o no?

Estoy al pie de la ventana del cuarto de Joey. Es un viejo truco de cuando éramos pequeños. Nunca llamaba a la puerta de la casa; tenía miedo de que su padre, con su cara colorada, saliera a abrir. Y la mamá de Joey, tan triste y callada, me recordaba a un fantasma. Cuando yo lanzaba piedrecitas a la ventana, era la señal de que estaba fuera lista para jugar.

Sé que es una locura estar aquí y que Lila pueda verme, pero tengo la certeza de que los lunes la peluquería abre a las once y sé que ella no se levanta antes de las nueve si puede evitarlo.

Además, Joey es mi única esperanza. Es un experto en no ir a clases durante varios días y pasar desapercibido, y eso es exactamente lo que yo pienso hacer. Ya nadie se molesta en anotar sus ausencias. «Creo que se ponen contentos cuando no aparezco», me dijo en una ocasión. A lo mejor puede estar conmigo hoy.

Medio dormido se pasa los dedos por su corto pelo rubio. Tiene unas ojeras tan marcadas como las mías. Seguramente anoche hubo pelea en su casa.

Joey observa detenidamente mi cara y menea la cabeza.

—¿Quién te hizo eso? —pregunta.

Desvío la vista pensando en todas las veces que lo vi magullado y nunca le hice ninguna pregunta. Cuántas veces pasé al lado de su madre, sentada en la escalera del pasillo, temblorosa y llorando, y seguí de largo sin decirle nada.

—Olvídalo —contesto.

—Espera, no te vayas.

Unos minutos más tarde se encuentra conmigo en la parte de atrás del edificio. Saca una lata de comida para gatos del bolsillo, la abre y va al sótano. Regresa en un segundo, tira la lata vacía a la basura y hace chasquear sus nudillos.

—¿Quieres ir a la ciudad? —pregunta.

La estación del metro huele a sucio y a orín, pero a Joey no parecen molestarle ni la peste ni el frío. El aire es tan helado que me corre la nariz y siento que las mejillas hinchadas se me congelan. Dos niños pequeños que están con su niñera me miran un poco asustados, y a Joey le parece divertido.

—Rana, yo siempre dije que eras bastante rara —dice mientras me conduce hasta el final de la plataforma. Los ratones corren por entre los rieles, completamente ajenos a los seiscientos voltios que hay bajo sus mugrientas garras—. A lo mejor uno de ellos queda frito, y los gatitos pueden comer su primera barbacoa.

—No seas bruto —le digo. Me quedo mirando los ratones correr y recuerdo algo que la maestra de Ciencias nos dijo una vez en octavo grado—. Eso no puede suceder —digo—. Sus cuerpos son muy pequeños para tocar el riel y el suelo a la vez. Se necesita un circuito completo.

—Muchas gracias, profesora —dice él.

Cada vez hay más gente en la plataforma y ahora estamos muy cerca el uno del otro. Huele levemente a jabón y yo me siento tan cansada que apoyo la cabeza sobre su pecho. No trata de apartarme, sino todo lo contrario: me atrae hacia él y me da calor. En cualquier caso, su compañía es como un refugio ante las miradas de los hombres. Hay que tener mucho cuidado en los metros y estar pendiente de que nadie se te pegue demasiado, incluso a un cuerpo magullado como el mío. La de historias que me ha contado Lila.

Los trenes están retrasados esta mañana, y la gente se impacienta y se molesta, hasta que de pronto alguien pierde la calma y grita:

—¡Quíteme esa asquerosa mochila de encima!

Un hombre muy alto, parado al borde de la plataforma, se vira y mira amenazante a la persona que está detrás de él. La punta de sus zapatos sobrepasa la línea amarilla, y yo me quedo sin aliento pensando qué irá a pasar. El tipo al que ha insultado no parece ser de los que se acobardan. Con solo un pequeño empujón todo habrá acabado. Seguramente Joey no contaba con este *tour* por la ciudad.

Por suerte, la plataforma comienza a retumbar y las luces del tren expreso que se aproxima llaman la atención de los que esperan para subir al tren. Nada más llegar el tren a la estación, la gente comienza a empujar para entrar, sin siquiera esperar a que salgan los pasajeros. Yo también estoy lista para unirme a la multitud, pero Joey me agarra por la cintura y me retiene, produciéndome un dolor en las costillas que me deja sin respiración.

—Vamos a esperar al próximo tren —me susurra al oído, y un estremecimiento me recorre todo el cuerpo. Sus manos me producen un pequeño dolor, pero a la vez es agradable.

El tren local, más vacío, llega unos minutos más tarde, y nos sentamos en un asiento de dos, al final del vagón, nuestras piernas rozándose.

Ninguno de los dos dice nada mientras salimos de Queens. Tengo la cara tan horrible que no quiero que me mire, pero veo de reojo que lo hace. Una parada tras otra, mantengo la vista fija en sus botas.

El tren entra ahora en el túnel para cruzar el río Este y, según avanzamos, todo se vuelve más y más oscuro. De repente, Joey se levanta.

—¿Adónde vas? —pregunto.

Abre la puerta de atrás de nuestro vagón, a pesar del letrero que indica lo contrario. Antes de que yo pueda decir nada más, sale afuera, coloca un pie en cada una de las plataformas de metal que unen los dos vagones con un espacio en medio. Desde la oscuridad extiende su mano. Uno de sus tatuajes se ve un poco inflamado, seguramente infectado.

—Ven aquí afuera —dice.

Sé que es una idea estúpida, pero en estos momentos *¿qué no es* estúpido? Salgo con cuidado y me coloco frente a él. Con una sacudida del tren se cierra la puerta de golpe y nos quedamos en una total oscuridad. El tren ahora corre a la velocidad del rayo; de los rieles saltan chispas a su paso. Me agarro con fuerza y dejo que mis caderas se muevan con el vaivén del tren, al ritmo de su propio chachachá.

Estamos los dos solos en la oscuridad y el ruido es ensordecedor. La nariz y la boca se me llenan de polvo y suciedad con el aire que el tren levanta a su paso, y a cada rato la luz del túnel nos ilumina como si estuviéramos bajo un estroboscopio. Aun en la oscuridad puedo ver que Joey no se sujeta. Suelta una carcajada al ver el pánico reflejado en mi cara al fingir que pierde el equilibrio y hacer como si se fuera a caer.

—¡Suéltate! —grita cuando el tren toma una curva.

Me sudan las manos, pero no voy a darle la satisfacción de que sepa que tengo miedo, a pesar de que en ese momento el tren se inclina y chirría al tomar la curva. «Los niños pequeños hacen esto todo los días», me digo. He escuchado que algunos incluso viajan en el techo como si fueran el Hombre Araña, invencibles. Aflojo los dedos y me concentro para no salir disparada a la vía.

Después de lo que parece ser una eternidad, entramos en la estación. Tengo el pelo revuelto por el aire y el corazón me late acelerado. Cuando el tren para, Joey se inclina hacia mí y pasa un dedo por mis labios hinchados. Con los ojos abiertos y fijos en mí, me besa.

Cuando el tren sale de nuevo a la claridad, me falta la respiración por el susto y por algo que podría ser amor.

Capítulo 25

¿Cómo se fue el día tan rápido? Es algo que no entiendo. La gente caminando presurosa de un lado a otro para ir a sus trabajos, y nosotros abriéndonos paso entre la multitud, como unos desamparados con cientos de lugares donde ir, pero sin rumbo fijo. La cabeza me da vueltas por los ruidos de las bocinas de los autos y las bicicletas que transitan por las calles; las luces intermitentes de las carteleras; la vidriera oscura que señala la entrada del museo de Madame Tussauds, pero para el que ninguno de los dos tiene los treinta y seis dólares de la entrada; un *pretzel* que alguien ha dejado en las escalinatas de la Biblioteca Pública de Nueva York, como aquella vez que estuve con Mitzi; cada pasillo que recorremos de Toys"R"Us abarrotado de niños pequeños.

—¡Pum, pum! —dice Joey haciendo como si me matara de un tiro con una pistola verde y amarilla que ha hecho en la mesa de LEGO. Pero no me molesta. A lo largo de los años, me ha matado con muchas otras armas: ramas, dedos, rollos vacíos de papel higiénico y otras cosas más.

Son las dos y media cuando regresamos a casa, hambrientos y con frío. Mami llamará pronto para saber cómo me ha ido hoy en el colegio. «Bien —le diré—. Ningún problema. Sí, ya me siento mejor».

Busco las llaves mientras Joey espera y se muerde las uñas nerviosamente. Por suerte, no hay señal de la señora Boika por ningún lado. Abro la puerta y me viro para darle las gracias, pero él se hace paso y entra. Si mami estuviera aquí, se moriría, o quizá yo.

—No puedes quedarte —digo.

—¿Por qué no?

—Si mami se entera, me mata.

—¿Y cómo se va a enterar?

Me quedo pensando por un instante, lo suficiente para que él se fije en las escaleras. Bajo la luz sus ojos se ven de color gris, sus mejillas sonrojadas. Y me doy cuenta de que en estos momentos su aspecto es muy atractivo, mientras que el mío da pena.

—Rana, es muy temprano para irme a casa —dice sonriendo pícaramente y abriéndose paso hasta las escaleras sin decir nada más.

Joey nunca puso un pie en mi otra casa, y yo tenía terminantemente prohibido ir a la suya. Desde la primera vez que escuchamos al señor Halper pegarle a su mujer, mami me advirtió que no podía ir a su casa. No se oyeron discusiones, apenas el ruido sordo de su fuerte voz y el angustioso gemido de su esposa: «¡Basta ya, Frank!».

«Que ningún hombre te ponga una mano encima, nunca. ¿Entiendes?», mami me susurraba cada vez que los escuchábamos pelear.

Al final, aunque no estaba muy de acuerdo, no pudo evitar que Joey y yo fuéramos amigos y compañeros de juego, pero nunca en casa. «De tal palo, tal astilla», siempre decía.

Me pregunto qué clase de amigos somos Joey y yo ahora. Me siento como uno de esos viajeros del metro de esta mañana, con la vista fija en el túnel oscuro, sin saber cuándo ni dónde salen.

No puedo decir que en realidad me moleste que esté aquí, aunque resulta algo extraño entre nuestras cosas, como si no perteneciera o no debiera estar aquí. Lo inspecciona todo como un perro rescatado que quiere asegurarse de que su nuevo hogar es un lugar seguro.

Entonces, se fija en el piano.

—¿Tocas el piano? —Destapa las teclas y toca su propia interpretación de *La Bamba*.

—No —digo—. No hagas ruido. La señora de abajo puede oírnos.

Recorre las teclas con el dedo gordo de la mano en

señal de protesta antes de que yo deje caer la tapa sobre sus dedos tatuados.

Voy a la cocina para poner a calentar agua para hacer té. Cuando regreso, me lo encuentro en el sofá jugando con mi celular.

—Rana, tienes un mensaje —dice subiendo los pies a una de las cajas que usamos como mesa de sala, y entonces me doy cuenta de que no se refiere a mi celular, sino al teléfono de casa: la luz está intermitente y en el identificador de llamadas se ve el nombre de ESCUELA SECUNDARIA DANIEL JONES. De repente, me siento sin fuerzas. La de mentiras que tengo que contar... El plan que todavía no he formulado para hoy ni para mañana ni para el próximo día.

Joey me sigue con la mirada, pero ninguno de los dos se mueve.

—Presta atención —dice.

Respiro profundamente mientras presiona «BORRAR» y desaparecen las palabras. Entonces se levanta y me agarra de la mano.

—¿Dónde está tu cuarto? —pregunta.

La cama está sin hacer. Las sábanas están manchadas de sangre y huelen a pomada. Mis vaqueros sucios y mis sostenes sudados están tirados por el suelo. Joey se sienta al borde de mi cama y sonríe.

Cierro los ojos y me acerca hacia él, o a lo mejor no soy yo, sino esta nueva chica con la cara golpeada y la boca llena de mentiras. Dentro de mi cabeza puedo escuchar a mami hablar de la decencia. Las palabras de Lila también dan vueltas en mi mente: «no es un juego». Pero Joey ha aprendido a desarrollar una coraza protectora contra las adversidades y golpes de la vida. ¿Quién sino él podría resguardarme de Yaqui, aunque solo sea por hoy?

Me recuesta en la cama y se acuesta sobre mí. Me digo, a pesar del nudo que tengo en la garganta, que estoy lista para todo. Me veo con el pelo recogido hacia atrás y las cejas apenas una raya.

Me agarra la cara con sus manos y me besa los párpados y la boca lastimada. Cierra los ojos y mete la mano por debajo de mi blusa; el roce de sus dedos me pone la carne de gallina. No hago nada por detenerlo cuando me desabotona la blusa y me desabrocha el sostén. En un momento mis amoratados hombros quedan al descubierto. Mantengo los brazos a ambos lado del cuerpo, demasiado asustada y cansada como para moverme incluso cuando siento que sus labios rozan mi piel. Sus manos tocan mis costillas, y antes de que pueda evitarlo, gimo de dolor.

Joey abre los ojos.

—¿Qué pasa? —pregunta.

Su rostro oscurece al caer mi camisa al suelo y hacerse evidente ante sus ojos lo que le ha sucedido a mi cuerpo: manchas moradas, verdosas, tatuajes de costras. Tengo golpes y moretones donde no pertenecen.

Mientras me examina con detenimiento, parpadea nerviosamente. A continuación traza con el dedo las mordidas que tengo en el hombro y en el pecho, como si siguiera el recorrido de un mapa hacia un lugar que no quiere llegar.

Palidece, y me da la impresión de que va a vomitar.

Siento vergüenza bajo su atenta mirada. Estoy a punto de echarme a llorar y cierro los ojos con fuerza. Quiero sentir su cuerpo y que me abrace con fuerza. Me pregunto qué sentiré cuando esté dentro de mí. Entonces, ya no habría forma de echar marcha atrás, ¿pero querría yo? Al fin y al cabo soy casi una mujer. A lo mejor hasta me lo tomaría a broma, como hacen las mujeres de la peluquería Corazón. Puedo hacerlo. No es para tanto. «El llanto es cosa de niñas pequeñas», me digo a mí misma.

Pero Joey se incorpora y se sienta en el borde de la cama. Junta las manos y mira el suelo, pensativo.

—No pares —le pido buscando quizá sentirme mejor—. Por favor.

Joey se levanta lentamente y me cubre con la sábana. Me echo a llorar, humillada.

—Lo siento —dejo escapar.

Mis palabras son como una bofetada que desencaja su rostro. Siente repulsión por mí.

—No digas eso —dice mirándome duramente—. Jamás.

Me alcanza la blusa y se va.

Capítulo 26

Llamo a Darlene y le pido por favor que marque en mi expediente «ausencia justificada».

—No puedo ir al colegio como luzco —digo—. Entiéndelo, por favor.

—Eso te va a costar algunas tareas de Física —dice ella—. ¡Muchas!

Acepto. En estos momentos hacer trampa no me parece tan terrible, pero sí que me preocupa no estar al día con la materia nueva de las últimas clases.

Cuando mami se va a trabajar, tomo el autobús para ir al colegio de Mitzi y ver si puedo hablar con ella durante el almuerzo. Llevo puesta la sudadera con el capuchón y trato de ignorar las miradas de los curiosos. Necesito ver a Mitzi y contarle todo lo que ha pasado, aunque no sé si querrá hablar conmigo. Hace mucho tiempo Mitzi y yo nos hicimos la promesa de contarnos nuestra primera experiencia con un chico. Hablamos sobre la primera regla, los chicos que nos gustaban y, sin lugar a dudas, hablaríamos de esa primera vez. Lo que nunca me imaginé es que sería de esta manera. Yo tan golpeada y fea que ni siquiera el peor chico que ella conoce desearía estar conmigo.

¿Qué pensará acerca de mí y Joey? Ella era la que casi siempre lo acompañaba a la oficina del director de la escuela y siempre se quejaba de que olía a cebolla.

Me quedo escondida detrás de unos arbustos. Ya casi es la hora del almuerzo, y algunas chicas han salido al patio y están sentadas en las mesas de *picnic* a pesar de que hace frío. Llevan sudaderas de manga larga de color azul marino y faldas de cuadros. Me llega un agradable sonido, mezcla de risas y voces, como un tintinar de campanitas. Mitzi está sentada a la mesa, al lado de Sophia, una Sophia confiada, alegre, sonriente, y junto a ellas el resto de sus amigas. Viéndolas es fácil de entender por qué a Mitzi le agrada Sophia. Es como un rayo de luz; incluso hasta aquí me llega su resplandor. Las observo durante un rato y me pregunto si yo en realidad encajo en el grupo. Y al fin me doy cuenta de que eso no es posible. Mitzi vive ahora aquí, muy lejos del lugar donde nos conocimos. No puede imaginarse ni a una Yaqui ni una escuela como DJ. Para ella quizá la peor parte del día es tener que hacer un examen.

Al poco rato suena la campana y todas entran. De

camino a casa pienso en Mitzi y en Sophia y su ardor deja un profundo dolor en mí.

El miércoles por poco me descubren. Me visto y salgo temprano en dirección al GLEN ORA para entregarle la tarea a Darlene antes de que se vaya al colegio. Estoy en la entrada, lista para tocar el timbre, cuando, de repente, alguien abre la puerta y a continuación escucho mi nombre.

—¿Piddy? ¡Qué sorpresa!

Es María Estela, una cliente de Lila. Yo misma empaqué su pedido de Avon, pero no caí en la cuenta de que esta era su dirección. La vasta red de Avon en acción.

—¿Te acuerdas de mí, de la fiesta? Soy amiga de Lila.

¡Vaya suerte!

—Sí. Hola.

—¿Qué te trae por aquí? —pregunta. Me doy cuenta de que examina mi ojo morado.

No sé cómo salir del apuro, pero en ese momento diviso a Darlene, que viene corriendo por el pasillo.

—Mi amiga vive aquí. Vengo a recogerla para ir juntas al colegio.

Darlene abre la puerta de golpe mientras María Estela se ajusta la bufanda.

—Bueno, me alegro de verte. Que tengas un buen día. ¡Ah!, y, por favor, dile a Lila que me encanta la máscara facial.

Le prometo que lo haré.

—¿La tienes? —pregunta Darlene en cuanto se aleja María Estela.

—Aquí está —digo. Le suelto la tarea en las manos y me viro rápidamente para marcharme.

Cuando Lila me llama por la noche para ver qué tal me fue en el colegio, aguanto la respiración segura de que se ha enterado. El GLEN ORA queda más allá del colegio. Es imposible que yo pase por allí a recoger a alguien.

—¿Has tenido más problemas? —pregunta.

—No, hasta ahora todo va bien. Nadie se ha metido conmigo —digo después de una larga pausa.

—Hoy me he enterado de algo —dice Lila.

¡Oh, no! Aquí viene. De repente, empiezo a temblar como cuando estoy dentro de un elevador.

—Es posible que desahucien a los Halper.

—¿Qué?

—Se ha corrido la voz por todo el edificio. Según la viuda del 2C no han pagado el alquiler desde hace seis meses. El *súper* ha colocado una notificación en la puerta del apartamento.

—¿Pero adónde van a ir? —pregunto sintiendo cómo me crece una bola en la boca del estómago.

—¿Y qué sé yo? —dice Lila—. Para serte sincera, en parte me alegro de salir de esa basura. Algún día iba a ocurrir una desgracia. A veces tengo pesadillas con los gritos de esa mujer. Ya no aguanto más.

—Joey no es basura —digo y cuelgo el teléfono.

Darlene pasa por casa después del colegio. Parece preocupada y le tiemblan las manos.

—Hoy, por culpa tuya, por poco me meto en un gran lío —dice—. La señora Gregory casi me descubre cuando accidentalmente levantó el teléfono mientras fingía estar hablando con tu mamá. Se acabó. No te puedo seguir ayudando. Es demasiado peligroso. Además, últimamente estás descuidando tu trabajo. Hoy tuviste dos ejercicios mal. Mañana tienes que ir al colegio y llevar una nota del médico o cualquier otra excusa.

—¿No puedes decir que alguien de mi familia ha muerto? —pregunto. Es mentira, pero tampoco está muy lejos de la verdad.

—¿En serio? —pregunta sarcásticamente—. ¿Y quién murió?

—Es algo privado —contesto.

Recorre con la vista nuestro apartamento observando los muebles viejos y sin estilo que hay por toda la casa, quizá con la intención de contárselo a quien le pudiera interesar.

—Les he dicho que todos los días ha llamado alguien,

pero son demasiadas ausencias. No puedo seguir mintiendo porque van a sospechar. ¿No te das cuenta del lío en que puedo meterme si me descubren? Además, no vas a poder pasar de grado con tantas ausencias. El colegio tiene ciertas *normas*, como sabes.

—No es que me quedo en casa porque estoy haciendo algo ilegal —digo gesticulando con los brazos—. ¿Acaso te parece esto un antro de drogas?

—No te podría decir —dice olfateando—. Pudiera ser. Pero te lo advierto: si no haces algo, vas a terminar en las clases con los brutos y no podrás entrar en McCleary. Necesitas cartas de recomendación para que consideren tu solicitud de admisión.

—No me importa —digo sabiendo que es mentira.

—Haz lo que quieras. Pásate al bando de los fracasados, pero no digas que no te avisé. Si no te presentas mañana con una nota, no cuentes conmigo.

—Está bien. Iré mañana.

Se hace un silencio antes de que Darlene conteste.

—Piddy, aunque no lo creas, me siento mal por ti. No te culpo por no querer ir al colegio con ese aspecto, pero yo no puedo seguir ayudándote. *Hasta aquí hemos llegado.* Y antes de que pueda despedirme, agarra la puerta y se va.

Nunca he sido una persona con suerte, pero no es culpa mía. Camino con cuidado para no pisar los huecos de las aceras, nunca he tenido un gato negro, aunque eso es más bien porque mami dice que no podemos permitirnos el lujo de tener una mascota. Todos los veranos, Mitzi y yo buscamos un trébol de cuatro hojas en el parque de Kissena y nunca lo hemos encontrado. Incluso en una ocasión le pedí a mami que me comprara un amuleto de cola de conejo. «¿Un rabo de conejo disecado? Estás loca, niña». Al final, me compró un dije con el ojo de Santa Lucía en una tienda de Elmhurst; me lo prendió a la blusa y me dijo: «Esto sí que funciona».

Pero ni siquiera el amuleto de mami funciona. Como si la mala suerte que me ha caído encima no fuera suficiente, no solo Darlene se enferma y no va a la escuela el viernes, sino que cuando la señora Gregory comprueba que he faltado al colegio cinco días consecutivos, decide llamar a mami al trabajo y, para colmo, *habla español perfectamente*.

Son las diez y media de la mañana, y estoy viendo un programa en la televisión sobre hombres que son infieles a sus esposas con sus mejores amigas. Estoy recostada en el sofá, cubierta con una manta, cuando oigo la cerradura de la puerta; mami entra como un rayo haciendo gestos con los brazos.

—¡Mejor que tengas una buena explicación para esto!

Solo falta una semana para el Día de Acción de Gracias y ya ha comenzado la locura de la temporada de Navidad. Mami todavía tiene puesto el poncho impermeable que

215

Attronica da a los empleados que trabajan descargando mercancía: se pasan las cajas como hacían antiguamente los bomberos para apagar los incendios. Puedo ver a través del poncho de plástico que lleva puesta la faja lumbar, su única protección contra el lumbago que la aqueja todas las noches. Su pelo está mojado y encrespado por la lluvia.

—¡Piedad, recibí una llamada del colegio! ¡No has estado yendo al colegio! —grita al ver que no respondo—. ¿Por qué no?

No sé qué decirle. La lista es tan larga...

—Estoy enferma —digo finalmente.

Mami me quita la manta de un tirón.

—Piddy, sabes que tengo mucho trabajo. Tuve que pedir permiso para poder salir y no hay nadie que pueda cubrirme. No tengo tiempo para juegos. Dime por qué no estás en el colegio.

La miro fijamente entrecerrando los ojos.

—No estoy jugando.

Me levanto rápidamente para irme a mi cuarto, pero mami me agarra por el brazo.

—Me han dicho que no has ido en toda la semana. ¿Qué has estado haciendo entonces? —Me mira el cuello, apenas ya visible la marca del chupón, y dice—: ¿Has estado con ese chico otra vez? ¿Quién es? ¿Ha venido a esta casa? ¿Es eso lo que has estado haciendo en lugar de ir al colegio?

—¡No!

—Esa nueva forma de vestir que tienes, esa actitud tuya... Te estás comportando como una...

En ese momento me hierve la sangre.

—¿Cómo una qué? ¿Una cualquiera? ¡Dios me libre! Para ti la moral es lo más importante. El único problema es que eres una hipócrita.

Mami se queda boquiabierta. Nunca antes le había faltado el respeto.

—Soy tu madre y no te permito que me hables de esa manera.

—¿Y qué importa si yo traigo a un chico aquí? —continúo—. ¿Quién eres tú para hablar? No te pega el papel de mojigata —digo a gritos. Mami se queda inmóvil, sin saber cómo responder a mis acusaciones—. Por si no lo sabías, la gente habla, y me enteré de que Agustín Sánchez tenía una esposa. ¡Qué bien! ¡Ah, y gracias por no haberme dicho que tuviste un romance con un hombre casado!

—¿Quién te dijo eso?

—¿Y qué importa? Es cierto, y todo el mundo lo sabe menos yo. ¿Quién eres tú para juzgarme? Resulta ser que tú también eres una chusma.

En toda su vida mami nunca me levantó la mano, pero esta vez la deja caer fuerte en mi mejilla. Siento tal rabia que antes de que pueda evitarlo, le doy un empujón.

—¡Apártate de mi vista! —grito.

Tengo los ojos desorbitados; ella la cara roja como un tomate.

—¿Qué diablos se te ha metido dentro? —grita alterada.

Agarro mi abrigo y salgo bajo la lluvia.

—¡Vuelve! ¿Adónde vas?

Corro por la calle a ciegas; sus palabras me persiguen como un fantasma: «¿Adónde vas? ¿Adónde vas?». No importa cuán rápido corra, escucho su voz ahí, dentro de mi oído.

Capítulo 27

Estar dentro del metro me calma los nervios, a pesar de que la gente desvía la vista o se aparta cuando paso a su lado. Me imagino la facha que tengo y además toda empapada. Dejan una distancia prudente entre ellos y yo, una posible loca. A lo mejor mami está en lo cierto: soy una especie de diablo, uno de los monstruos de la señora Shepherd, como el Minotauro rondando mi laberinto.

Me paso todo el día bajándome en estaciones que nunca antes había oído ni mencionar y cambiando de trenes. Viajo al norte hasta el Bronx y luego bajo al sur hasta Brooklyn. Miro mi reflejo en la ventanilla cuando atravesamos los oscuros túneles. No aparto la mirada a los hombres que me observan, pero me cambio de vagón cuando veo a un hombre al que le faltan dientes y comienza a tocarse donde no debe. Me bajo en Grand Central. Se escucha música por los pasillos mientras camino de un lado a otro viendo los escaparates de las tiendas. Así paso toda la tarde. Un violonchelo, una trompeta. Tambores de hojalata. Más tarde, cuando la estación se llena de los trabajadores que regresan a sus casas, me paseo aprisionada entre extraños; entonces me pregunto si Joey no habrá ido al colegio y si se encontrará como yo, en este laberinto, yendo de un lugar a otro sin rumbo mientras el mundo afuera oscurece. ¿Vivirá ahora como una de esas ratas de los túneles, sin ningún otro lugar a dónde ir?

Mami me llama mil veces a lo largo del día, pero no escucho ni uno solo de sus mensajes. Al cabo de un rato, apago el teléfono.

Cuando finalmente me bajo en nuestra estación, son pasadas las diez de la noche, más tarde de lo que nunca he estado fuera de casa sin que mami sepa dónde estoy. «Se lo tiene merecido», me digo como excusa. Al fin y al cabo ella también ha tenido sus secretos conmigo.

Ha bajado mucho la temperatura y tengo hasta los huesos congelados, pero aun así decido ir caminando a casa, con las manos metidas en los bolsillos del abrigo para resguardarlas del frío. Piso todos los charcos que encuentro en mi camino. Los callejones reflejan sombras oscuras entre los edificios. Hay poca gente por la calle, alguna que otra persona. Ahora que las tiendas están cerradas, todo está desierto, y me doy cuenta de que estoy a apenas unas cuadras, en la dirección opuesta, de donde vive Yaqui. Si quisiera, podría ir hasta allí, esconderme a la entrada de su edificio y atacarla por sorpresa, como hizo ella conmigo. Después de todo soy una chusma, una especie de demonio.

Desde algún lugar cercano me llegan voces y risotadas de hombres, pero sigo mi camino con la vista al frente. La antigua Piddy quizá hubiera tenido miedo, tal y como aprendió de su mamá, pero ahora todo es distinto. «Atácame si quieres. Acaba conmigo. ¿Qué importa?».

Cuando me dispongo a cruzar la calle, observo un carro patrulla estacionado en la esquina. No he terminado de cruzar cuando veo que se abre la puerta.

—Hola.

En el momento en que me viro, un despliegue de luces rojas y azules ilumina la calle. La sirena roja da vueltas silenciosamente como en una discoteca.

—¿Piddy Sánchez?

La calle se ha quedado en silencio; solo se escuchan los pasos de uno de los policías que viene a mi encuentro.

Cuando lo tengo frente a mí, me doy cuenta de que es Raúl.

—Pensé que eras tú —me dice sonriendo, pero no le contesto. El frío ha congelado mi mente. Esta es su ronda, ahora recuerdo.

Le hace una señal a su compañera y se acerca más a mí.

—¿Todo bien, Piddy? —me pregunta en voz baja.

Me siento mareada, tengo frío y los dientes me castañetean.

—Todo bien —contesto.

Mueve la cabeza de un lado a otro como si estuviéramos en medio de una amena conversación. Su compañera está sentada en el auto, escuchando la transmisión de la radio. Se comunica con la estación de policía para dejarles saber dónde se encuentran.

—El asunto, Piddy, es que es muy tarde y hay dos personas muy preocupadas por ti.

Me doy cuenta de que mami dio la voz de alarma.

—No hay razón para preocuparse. ¿No ves que estoy bien? —digo con calma, a pesar de que me tiemblan los labios.

—Espera un momento. —Va al carro de policía y saca una manta del maletero que me ofrece cuando regresa—. Hace frío y todavía tienes un buen trecho hasta casa. ¿Qué te parece si te llevamos?

No cojo la manta. Niego con la cabeza y me viro para irme.

—Gracias, pero no voy a casa.

Ahora su rostro es serio y se interpone en mi camino. De repente, soy consciente de su tamaño, su insignia y el revólver que lleva. Puedo ver su aliento en el aire.

—Tu mamá y Lila están muy preocupadas. Me llamaron dos veces. —Lo dice de la misma manera que he visto a padres hacerlo con sus hijos en la televisión, y escucharlo de sus labios me conmueve—. Anda, vamos.

Cuando llego a casa, paso delante de mami y Lila sin decir una sola palabra, voy a mi cuarto y tranco la puerta. La voz de Lila es apenas un susurro: «Gracias, mi vida», le dice a Raúl. Mami añade sus propias tonterías: «¿Dónde estaba? Se podía haber congelado. No sé qué le pasa; sé que son cosas de la juventud, pero...».

No me interesa lo que dicen. Me quito la ropa mojada y me arropo con la colcha, a pesar de los ruidos que hace mi estómago y de que estoy entumecida por el frío. Tendré que esperar a que Lila se vaya y mami comience a roncar. Entonces me lanzaré como la bestia que soy en busca de comida.

Mami trata de abrir la puerta.

—Piedad, abre la puerta —susurra del otro lado.

Me doy la vuelta, llena de odio hacia ella, y lista para otra noche de pesadillas. Nunca más volveré a hablar con esa hipócrita.

Capítulo 28

—¿Tienes hambre?

Mami está sentada en la banqueta del piano, en pijama y con una taza de té sin probar sobre la tapa.

La ignoro por completo. Son las cuatro de la madrugada y me he escabullido del cuarto muerta de hambre. Es en el momento en que salgo de la cocina, con una barra de pan y el frasco de mantequilla de maní, cuando me la encuentro ahí sentada.

—Siéntate, Piedad —dice señalando el espacio que queda al lado de ella en la banqueta.

No me muevo.

—No vamos a hablar del colegio —dice ella—. Vamos a hablar de tu padre.

«Mi padre». Nunca antes había pronunciado esa frase.

—No es necesario, estoy segura de que sé toda la historia.

—No es fácil para una madre explicar estas cosas a su hija. Cuando seas mayor entenderás que hay ciertos errores que uno comete en la vida, y que resulta difícil hablar de ellos.

—¿Por qué? ¿Porque quedará claro que no eres la mojigata que aparentas ser? —Sé que no debo hablarle de esa manera. Mami respira profundamente.

—¿Tú crees que yo le robaría el marido a alguien a propósito? ¿Es esa la clase de mujer que piensas que soy?

No contesto. La verdad es que mami jamás ha hecho nada malo en su vida. Bebe solo en ocasiones especiales. Trabaja todo el tiempo. No sale con amigos. Su único defecto es ser una mojigata amargada.

—¿Vas a decir algo? —pregunta ella.

—¿Para qué? Contigo no se puede hablar; solo se puede escuchar.

—Entonces, escucha.

Cierro los ojos. Lo único que quiero es comer algo e irme otra vez a la cama, pero cuando mami te tiene atrapada en su red, no hay escapatoria posible. Me acerco a la banqueta y me siento a su lado.

—No, por favor —le ruego cuando se levanta a encender la luz—. Me lastima los ojos.

Mami enciende la vela que siempre está sobre el piano. Tiene la imagen de la Virgen de la Caridad.

—Es cierto que Agustín estaba casado cuando lo conocí —dice mami—. Se llamaba Laura.

Veo la luz de la llama parpadear dentro del vaso opaco

225

y me fijo en la silueta de la Virgen. Tiene los brazos extendidos como tratando de calmar a los aterrados pescadores a sus pies. La luz de la vela realza las gastadas teclas del piano.

—Pero lo que *tú no sabes* es que tu padre me ocultó que estaba casado. Me conquistó con su música de iglesia y su labia, con la forma que alababa mi talento musical y lo bien que tocaba el piano. Por él este piano está aquí. Tenía un amigo que lo tocaba los domingos en el bar del Hotel Hilton en Nueva York. Agustín lo compró cuando decidieron remodelar el local. Yo estaba loca de contento. —Corre los dedos por las teclas, pero sin hacerlas sonar.

—Pero ya no tocas —digo.

—No —dice mami encogiéndose de hombros—. Este trasto viejo me cegó completamente, y no me perdono haber sido tan crédula. Yo pensé que había conocido al hombre de mi vida, alguien que en realidad deseaba mi felicidad. Pero me engatusó con su labia. Me engañó no solo a mí, sino también a Laura.

Durante todo este tiempo he mantenido la mirada fija al frente, aunque por el rabillo del ojo puedo ir perfilando mejor la silueta de mami en la oscuridad. Está sentada derecha, con las manos descansando en su regazo. Nunca me la he podido imaginar con un novio y mucho menos teniendo sexo. Pero ahora sé otra cosa de ella: se dejó engañar por un hombre, y quizá eso sea aún más difícil para mí de aceptar.

—¿Y cómo te enteraste? —le pregunto al fin.

Mami se queda por un momento pensativa, respira profundamente y dice:

—Estábamos comprometidos. Vivíamos juntos en un nuevo apartamento en el mismo edificio de Lila. Agustín se había ido por unos días a ver a su madre, o por lo menos eso fue lo que dijo. Pensándolo bien, debí haberme dado cuenta de que mentía. Ningún hombre de su edad está tan apegado a su mamá, ni siquiera si es hijo de latina. Regalos, dinero y... —continúa moviendo la cabeza de un lado a otro—. En fin, por aquel entonces yo trabajaba a ratos en la peluquería Corazón, tratando de tener todo listo para tu llegada. Ya tenía la cuna y otras cosas. Una tarde, estando yo en la peluquería, llegó una mulata alta. «Busco a la puta que anda con Agustín Sánchez». ¡Imagínate! Era una prima de Laura, que vivía en Elmhurst. Corrían rumores, y algunos vecinos chismosos le contaron que Agustín se burlaba de su *primita* con otra mujer. Enseguida se puso a indagar hasta que se enteró de mi nombre y del lugar donde trabajaba.

Me imagino la escena: mami con su barriga grande, todos mirándola de forma acusadora. Una Gloria joven, tratando de sonreír y mantener la calma. «Este es un lugar decente, señora —diría—. Todas aquí somos unas señoras respetables. Debe estar equivocada. Por favor, pase. ¿Puedo ofrecerle unas galleticas?».

—¿Qué pasó después? —pregunto.

—Le dije: «Estoy esperando un hijo de Agustín Sánchez, así que, por favor, tenga más cuidado con lo que dice, señora. Soy su novia y estamos comprometidos. Le ruego me diga quién es usted y qué relación tiene con Agustín Sánchez». Entonces ella me contó todo como realmente era —dice mami suspirando—. Toda una familia en otra parte, y yo ajena completamente. Ni siquiera se molestó en regresar para darme una explicación. Nunca contestó a ninguna de las cartas que le envié. Creo que él de verdad creía que podía mantener dos familias en secreto. Después me dio mucha rabia. Quemé todo lo que encontré de él. —Hace una pequeña pausa y añade—: Bueno, casi todo.

Se levanta y mueve la vela y la taza de té a una de las cajas que nos sirven de mesa. Levanta la tapa de la parte de arriba del piano y saca algo que estaba pegado en su interior. Me lo da y lo acerco a la llama para verlo mejor: es la fotografía de un hombre bien parecido, con pelo liso y ojos verdes como los míos.

—Te pareces mucho a él —dice ella.

Es la primera foto que veo de mi padre. Lo que siempre he buscado por todas partes. Ahora, sin embargo, una angustia se apodera de mí cuando le pregunto a mami lo que siempre he querido saber y nunca me he atrevido a preguntarle.

—Mami, dime la verdad: ¿quería él que yo naciera? ¿Sabe que llevo su apellido?

Cuando la miro, veo sus ojos llenos de lágrimas y sé cuál es la respuesta. Siento un nudo en el estómago.

Mami se inclina hacia mí y su voz es apenas un susurro:

—Él no sabía lo que quería, Piddy. Pero para *mí* tú eras lo más importante de este mundo. *Tú* eres lo único bueno que ese hombre me dio.

Me quedo mirando la foto que tengo en mi regazo y asiento con la cabeza tontamente. El hecho de que yo fuera lo más importante para ella debería servirme de consuelo, pero no es así.

—Toda hija merece un padre bueno y decente; lamentablemente no te tocó a ti. No sabes cuánto lo siento, Piedad —dice mami—. Pero la pregunta importante que te debes hacer es: ¿qué clase de persona quieres ser *tú*?

Se levanta y se va a la cama, sin haber probado el té.

Capítulo 29

Lila llama el sábado temprano para darnos la noticia. Faltan unos minutos para las nueve, y como apenas ha dormido, mami se ve pálida y confusa mientras escucha. Antes de que me diga nada, sé que son malas noticias.

—Ese animal... —dice en voz baja, y se persigna—. Algún día tenía que pasar algo. ¿Está ahí la policía?

—¿Qué pasa? —pregunto desde el sofá, donde me quedé dormida con la foto de mi padre. Mami me hace una seña con la cabeza y sigue hablando por teléfono—. Pero ¿qué pasa? —pregunto, esta vez alzando más la voz.

Cubre el auricular con la mano y me dice:

—*Sio, niña*, que no puedo escuchar lo que dice Lila.

Pero estas no son horas para que Lila esté despierta y mucho menos haciendo llamadas. Me levanto y me pongo al lado de mami.

—¿Le pasa algo a Lila?

—Por Dios, Piddy. Lila está bien. Hubo un problema en su edificio.

—¿Qué problema? —Hace una pausa buscando las palabras adecuadas—. ¿Qué? —repito.

Mami respira profundamente.

—Se trata de los Halper.

—¿Los echaron del apartamento? —pregunto.

Parece que el mundo se detuviera mientras espero su respuesta.

—La señora Halper está lastimada.

Cuando llego al edificio, sofocada y sin aire, no veo a Joey por ninguna parte, pero sí veo una cinta plástica amarilla de la policía que cubre toda la entrada y un carro patrulla estacionado delante. Las luces de la ambulancia dan vueltas, pero no hacen ruido. Algunos vecinos están asomados a las ventanas, bebiendo el café de la mañana. Entonces diviso a Lila en la esquina. Está fumando y lleva el pelo cubierto con un pañuelo, como cuando está enferma. A estas horas debería estar ya en su trabajo, pero todavía tiene puesto lo mismo que llevaba anoche. Cuando me ve, tira la colilla y se me queda mirando fijamente. En sus ojos hay un mar de preguntas relacionadas con la noche anterior, pero al final solo me acerca a ella y me abraza, y me invade una mezcla de perfume y olor a tabaco.

—¿Qué le pasó a la señora Halper? —pregunto.

Desde que salí de casa no he dejado de pensar en la mamá de Joey, tan callada, tan menuda, y esa voz suplicando que todos escuchábamos: «¡No más, Frank! Por favor, ¡basta ya! Lo siento». Recuerdo, hace ya mucho tiempo, cuando se sentaba en los escalones de la entrada, zurciendo los calcetines viejos de Joey, esperando a que se le pasara la borrachera al señor Halper. «¿La mató?», quiero preguntar, pero no me salen las palabras.

La puerta del edificio está abierta y todo el mundo guarda silencio cuando sacan la camilla. La señora Halper se encuentra envuelta en una sábana como si fuera una oruga esperando que le salgan las alas. Tiene la cara hinchada y golpeada, y la piel tan pálida que parece transparente.

—Lo de siempre. Él se emborrachó y la golpeó hasta que cesaron sus gritos —susurra Lila—. El hijo la encontró tirada en el piso de la cocina esta mañana. El padre estaba tan borracho que había perdido el conocimiento.

Se me hace un nudo en la boca del estómago al pensar en Joey.

Justo en ese momento aparece en la puerta junto a un policía. Me escondo detrás del poste de teléfono para que no me vea y no piense que estoy curioseando. Tiene la mirada ausente, incluso más que aquel día en mi cuarto. Si es consciente de todos los que estamos aquí fuera, no lo demuestra. Pasa sin prestar atención ante todas las personas reunidas en la calle y sube a la parte de atrás de la ambulancia, con la camilla. Tiene el rostro endurecido, la mirada perdida.

A continuación, sale el señor Halper; su aspecto es desastroso, como siempre. Tiene las muñecas esposadas; sus ojos parpadean por la claridad de la mañana como si se acabara de despertar. Lleva puestos los pantalones de trabajo y una camiseta. Un policía lo conduce del brazo y se detienen en la parte de atrás de la ambulancia, pero Joey ni siquiera se vuelve. El policía dice algo a los de la ambulancia y se lleva al señor Halper al carro policía.

—Hijo de mala madre —murmura Lila.

Recuerdo todas las veces que tuvo que venir la policía por causa de los Halper. «*No pasó nada. Mi esposo bebió demasiado. Eso es todo. Disculpen*». Eso es lo que siempre decía la pobre señora Halper. Y ahora me pregunto: ¿por qué nunca les dijo la verdad? ¿Por qué siempre pedía disculpas?

Se me encoge el corazón cuando la ambulancia arranca. Lila me pasa un brazo por el hombro para sostenerme, pero no me puedo aguantar.

—¿Piddy?

Me doblo sobre los arbustos y vomito.

233

Capítulo 30

No quise ir con Lila a la peluquería ese día y ella no insistió. Por el contrario, después de que la policía se fue y los vecinos terminaron de chismear, fuimos a su casa, me acostó en su cama y me arropó con sus sábanas de seda; luego llamó a mami y se arregló para ir a su trabajo. Me pasé toda la tarde sentada cerca de la ventana, jugando con los frascos vacíos de perfume y esperando ver aparecer a Joey. Pero ya de noche, cuando Raúl me llevó a mi casa, Joey aún no había regresado.

Las campanas de la iglesia de San Miguel repican a lo lejos indicando la hora. Una fría lluvia ha penetrado en mi sudadera y ahora está mojada. Camino hacia la parte de atrás del edificio de Lila. A pesar de ser de día, el apartamento se ve oscuro. Le dije a mami que iba a la panadería rusa a comprar los panecitos de *challah* que tanto le gustan, pero antes tuve que venir por aquí para ver si Joey había regresado ya. Lanzo una piedrecita a la ventana oscura y espero; no pasa nada. ¿Y si no regresa nunca? ¿Adónde irá? Me agacho para buscar otra piedrecita y veo, cerca de los cubos de la basura, un plato vacío y lleno de hormigas.

Los gatitos.

A pesar de que Lila está conmigo, un escalofrío recorre mi espalda cuando abro la puerta del sótano. Los cubos de basura están listos, en fila, para ser recogidos mañana, y huele fatal. Lila se cierra la bata mientras me sigue hacia el lugar donde se guardan los trastos. Estuve tocando varias veces el timbre de su casa hasta que me contestó medio dormida. «Necesito la llave del sótano —le dije por el intercomunicador—. Ahora mismo».

—¿Me vas a explicar por qué me sacaste de la cama con tanto apuro? —Se sujeta la nariz y me observa detenidamente cuando acerco el oído a la puerta, mientras forcejeo con las llaves. Una parte de mí desea encontrar a Joey dentro. A lo mejor se ha quedado dormido como un angelito en ese colchón maloliente. O a lo mejor me recibe con un «Hola, Rana» y me da la buena noticia de que su mamá se pondrá bien. Pero lo que no quiero encontrar es a los gatitos muertos.

El candado cede y abro la puerta.

—¿Hay alguien aquí? —pregunto. Camino a ciegas hasta encontrar el cordón de la luz.

—¡Ratas! —chilla Lila cuando ve dos ojos brillar desde una esquina.

—¡Chsss...!

Cargo a los gatitos y se los muestro. Son preciosos, con los ojos azules y su pelaje de color anaranjado claro. Me doy cuenta de que están desmadejados. Se dejan acariciar la barbilla, demasiado débiles para darme con sus patitas. Hay excremento de gato por todas partes.

—¿Qué significa esto? —pregunta sorprendida.

—La gata tuvo dos gatitos y han estado viviendo aquí. Pero ahora no hay nadie que se ocupe de ellos.

Lila se queda boquiabierta y niega rotundamente con la cabeza.

—No, Piddy. No podemos quedarnos con ellos. Sabes que soy alérgica a los gatos. Tenemos que sacarlos afuera y que se las arreglen como puedan. No me mires con esa cara, no podemos hacer otra cosa.

—Parece que están enfermos —digo bajito.

Lila se muerde los labios y se queda pensativa.

—Por favor, Lila.

En ese momento alguien entra en el sótano.

—¿Quién anda ahí? —pregunta el *súper* curioseando, como de costumbre.

Tiro del cordón para apagar la luz.

—Soy yo —dice Lila guardando un gatito en cada uno de los bolsillos de su bata; me empuja hacia fuera y cierra la puerta. Me tiemblan las manos mientras cierro el candado. El *súper* sigue a la entrada del sótano, con el pelo empapado por la lluvia.

—Qué mal huele la basura —dice Lila al pasar a su lado.

Subimos los escalones sin esperar su respuesta.

Capítulo 31

«Esto es ridículo. Lo siento y te extraño mucho». Ese es el mensaje que recibo de Mitzi en el teléfono la mañana del Día de Acción de Gracias. Y luego otro: *«Entré al equipo. El primer partido es el sábado por la noche. Por favor, ven».*

Me quedo muda. Es como si el mensaje me llegara de otro mundo, de un lugar donde los partidos de baloncesto son algo importante.

*«El padre de Joey Halper le dio tal paliza a su esposa que por poco la mata —*escribo*—. Está hospitalizada».* Pero, entonces, una a una borro las palabras y cierro el teléfono. Gente como los Halper es en realidad la razón principal por la cual los Ortega decidieron mudarse.

El olor a pavo asado invade el apartamento, pero no tengo apetito. Trato de no entrar en la cocina para evitar tener que entablar conversación con mami. Sigue disgustada a pesar de que hoy es fiesta y deberíamos estar todos contentos. Sé que la culpa es mía. Esta semana solo hubo dos días y medio de clase por la fiesta del Día de Acción de Gracias, así que no fui al colegio en absoluto. Por desgracia, la secretaria volvió a llamar a mami: «Si su hija no regresa enseguida al colegio, tendrá que darse de baja y conseguir un trabajo. De lo contrario, tendremos que informar de su ausencia a la Junta de Educación».

El desfile del Día de Acción de Gracias de Macy's ya ha comenzado. Todos los años lo veíamos con Mitzi y Lila. Es nuestro desfile preferido, especialmente los espectáculos de Broadway.

Suena el timbre de la puerta y por la ventana veo a Lila, que tiembla de frío y sostiene una caja grande en sus manos. Apenas son las diez de la mañana, pero hoy vamos a comer temprano, a las doce, ya que Attronica tiene una superventa que comienza justo después de la cena de Acción de Gracias. Mami tendrá que descansar algunas horas después del almuerzo, pues su turno comienza a la una de la madrugada. Solo la gente loca sale a comprar a esas horas, mami siempre lo dice; no obstante, todos los empleados tienen que ir a trabajar.

Cuando abro la puerta, me encuentro a Lila con los ojos llorosos y estornudando.

—Toma —dice soltándome la caja—. ¡Tus hijitos me han costado trescientos dólares!

Levanto la tapa de la caja y veo que dentro están los

dos gatitos dormidos, pero vivos. Es como un espejismo. Observo cómo sube y baja la barriguita de cada uno. No me atrevo a tocarlos, tan pequeños e indefensos.

—Ese veterinario es un sinvergüenza, un ladrón —estornuda y se suena la nariz—. Me dijo que estaban deshidratados. «¡Pues deles agua!», dije yo; pero, *no*. Necesitaban sueros, vacunas y no sé cuántas cosas más. Tienes suerte de que son una monada.

—Gracias —digo—. Buscaré la forma de pagarte.

—¿De pagarle qué?

Mami está en la puerta de la cocina y se seca las manos en el delantal. Mira a Lila, luego me mira a mí y finalmente su vista cae sobre la caja.

—¿Trajiste algún postre? —pregunta a Lila.

Lila se suena la nariz otra vez y le da un beso a mami en la mejilla.

—¿Cómo va el desfile? —pregunta y se va a la sala para que yo me las arregle sola.

A mami no le han hecho ninguna gracia nuestros pequeños invitados, pero no tiene valor para echarlos fuera, y menos el Día de Acción de Gracias. Durante toda la mañana nos entretenemos jugando con los gatitos y viendo el desfile. Se lo pido incesantemente hasta que se da por vencida y dice que puedo quedarme con uno de los dos.

—¿Y cómo voy a poder decidir con cuál? —pregunto, pero mami se hace la loca.

A lo mejor todavía hay esperanza: cuando cree que no la estoy mirando, corta trocitos de pavo y se los echa en la caja. Incluso Lila, que tiene los ojos llorosos y le pican, está encantada con ellos.

—La verdad es que estas bolitas de pelo tienen razón para dar gracias hoy —dice Lila mientras dejo que caminen sobre las teclas del piano, demasiado livianos para que las hagan sonar.

Cuando las tres nos agarramos de las manos, antes de comenzar a comer, bajo la cabeza para rezar. No sé lo que mami y Lila pedirán, pero yo ya estoy preparada con mi lista.

—Gracias, Dios mío por salvarles la vida a los gatitos. Y gracias también por permitir que pueda quedarme con ellos.

—Solo uno —aclara mami—. *Uno.*

Entonces continúo con mi lista en silencio.

«Por favor, que el colegio se convierta en cenizas antes de que yo tenga que regresar el lunes. Si esto que te pido es demasiado, por lo menos haz que Yaqui se mude.

Por favor, Dios mío, protege a Joey y a su mamá, la señora Halper.

Por favor, Dios mío, guíame para poder salir de este lío».

Capítulo 32

Muy temprano, el sábado por la mañana, oigo a Lila entrar en nuestro apartamento. En un principio, el ruido de la puerta que se abre me sobresalta. Mami se fue a trabajar, pero se olvidó de decirme que había hecho una copia de la llave para Lila. Salgo corriendo a la sala en camiseta y ropa interior sin saber lo que me voy a encontrar.

—¿Todavía no estás lista para ir a trabajar? —pregunta. Lleva puestos pantalones negros, zapatos de tacón alto y el abrigo sin abrochar—: ¡Date prisa! Gloria necesita ayuda, especialmente después del Día de Acción de Gracias. ¡Hoy la peluquería estará peor que la estación de Grand Central!

Lila entra en la cocina, antes de que pueda contestarle. Los gatitos corretean por el suelo y juegan con el cordón que cuelga de las persianas de la ventana. En apenas dos días ya se les ve más fuertes.

—¡Quietos! Van a hacer que se me corra la máscara —dice Lila cuando vienen corriendo hacia ella.

Saca el cartón de leche del refrigerador, lo huele y se sirve un vaso. Entonces, se me queda mirando.

Me quedo parada como una tonta. La verdad es que no tengo ánimos para nada y mucho menos para hacer que las clientas de Corazón se sientan felices. Además, ¿y si a Yaqui se le ocurre aparecerse por allí?

—No me siento bien —digo bajito.

—A lo mejor es debilidad. ¿Desayunaste?

—No.

—Bueno, entonces pararemos en el deli del camino. —Mira el reloj y dice—: ¡Vamos, date prisa!

—No puedo ir a trabajar hoy. Tengo algo que hacer.

—¿Qué cosa tienes que hacer?

—Tengo que encontrarle un hogar a uno de los gatitos, ¿o es que no te acuerdas?

Lila se cruza de brazos en silencio.

—Piddy, sabes que te quiero como si fueras mi hija, pero últimamente no hay quien te aguante.

—De verdad que no me siento bien.

—Hummm... —Da golpecitos en la montura de los lentes pensando—. Yo sé exactamente lo que necesitas. No te muevas de aquí.

Unos minutos más tarde regresa con el estuche de maquillaje de mami, el que tiene la sombra de ojos desde antes de que yo naciera.

—Da pena —dice Lila observando el contenido—.

243

Es una vergüenza. Pensarás que algo se le debería haber pegado de mí después de tantos años.

—No necesito maquillaje —digo.

Pero no me hace caso y me sienta en una silla.

—No seas tonta. Todo el mundo necesita una pizca de color. —Se echa un poco de sombra en los dedos y me dice—: ¡Mira hacia arriba!

Está tan cerca de mí que puedo ver las líneas que corren a ambos lados de su boca. No se ha dado bien el maquillaje, pero la sombra verde de los ojos le queda muy bien. Frunce las cejas muy concentrada y, con el dedo meñique, me aplica la sombra en los párpados tratando de cubrir cualquier vestigio que pueda quedar. Entonces saca un lápiz de cejas. Su aliento huele a leche de bebé. Con cuidado y esmero trata de recomponer mi antiguo rostro. Le agradezco que no haga ningún comentario sobre mis cejas.

—Piddy, ¿qué pasa contigo?

—No sé a qué te refieres.

—Quiero decir que no eres la Piddy que yo conozco. Dices que ya nadie te molesta en el colegio y, sin embargo, no quieres ir. Peleas con tu mamá todo el tiempo. Te vas por ahí sin decir adónde. No quieres trabajar. —Para y me sujeta la cara con ambas manos—: Dime qué te pasa.

—Odio ese colegio, eso es todo. No voy a volver nunca más.

Lila echa la cabeza hacia atrás y suelta una carcajada.

244

—¡No me digas! ¿Vas a dejar la escuela en el décimo grado? ¡Qué bonito! ¿Y de qué vas a vivir?

—No me importa. Aprenderé peluquería. Mira qué bien le ha ido a Gloria, ¿no es así? Ella es millonaria.

—Será millonaria, pero trabaja seis días a la semana.

No digo nada. Lila se reclina y suspira.

—Tiene que ver con esa chica del colegio, ¿verdad? ¿Yaqui?

No contesto, lo que significa un *sí* para Lila.

—Dios mío, ¿por qué no me dijiste nada antes? Con gusto le hubiera roto las dos piernas.

Cuando ve que no respondo, se acerca y me dice:

—Te prometí que no le diría nada a tu mamá y lo he cumplido, pero en estos momentos necesito saber lo que está pasando y con eso quiero decir absolutamente todo lo que está pasando.

Siento un miedo horrible, pero la verdad es que ya no puedo soportar más esta situación y finalmente me rindo.

—Hay un vídeo —comienzo—. Alguien lo grabó el día de la pelea. El colegio entero lo ha visto. Aparezco media desnuda. —Antes de que pueda evitarlo, tengo los ojos llenos de lágrimas. Lila toma una servilleta y limpia la máscara que se me ha corrido.

—Un vídeo —repite Lila—. En mis tiempos te partían la boca y era suficiente. —Cierra los ojos y respira profundamente. Nunca se le ha dado muy bien tomar decisiones

245

importantes—. Escucha. No tienes otra alternativa. El lunes tienes que ir al colegio.

Es como si me hubiera caído un cubo de agua fría en la cabeza.

—No.

—Escucha bien lo que te voy a decir —continúa cariñosamente—. No puedes permitir que esa tal Yaqui se salga con la suya. Nunca te dejará en paz si sabe que le tienes miedo.

—¿Que no permita que se salga con la suya? —Se me pone la cara roja de rabia—: Yo no dejé que ella me hiciera nada. Ella me atacó por sorpresa sin yo haberle hecho nada. Ni siquiera sé por qué me odia.

—Ella *no* te odia.

—Sí me odia —digo con voz temblorosa—. ¿Quieres ver otra vez las marcas de sus dientes en mi espalda?

Lila niega con la cabeza.

—Ella no te ve como a una persona. Y seguro que tampoco se ve a sí misma de igual manera. Tú solo eres un estorbo en su camino. No es nada personal. Has de tener en cuenta el ambiente donde se ha criado; *es la ley del más fuerte: o comes o te comen.*

—¿Y cómo sabes tanto acerca de Yaqui Delgado?

Lila me mira y menea la cabeza.

—Porque en cada colegio, en cualquier parte del mundo, siempre hay una Yaqui Delgado. Yo misma tuve que lidiar con algunas sinvergüenzas que se atravesaron en mi camino. ¿Tú crees realmente que puedo permitirme el lujo de ir así por el mundo y que nadie me odie?

Suelta una risa apagada y saca el colorete del estuche.

—Pero hoy en día es diferente —digo mientras Lila me lo aplica en las mejillas, y cada escena del vídeo pasa ante mis ojos.

—Es posible, pero te aseguro que hay algo que *nunca* va a cambiar —dice Lila.

—¿Qué?

—¿Te puedes imaginar dónde estará Yaqui en unos cuantos años si ella no cambia? Estará donde está ahora, en el mismo barrio, sin llegar a ser nadie en esta vida, y eso es precisamente lo que ella sabe y teme. Y quizá se lo tenga bien merecido por su forma de ser y por hacerles la vida miserable a otras personas.

—Pero tú eres diferente —continúa—. Tú saldrás adelante, y eso es precisamente lo que provoca su envidia hacia ti. *Eso* es lo que hace que el odio la consuma. Ella sabe que eres una triunfadora y ella no. Vas a estudiar una carrera y a usar el cerebro que tienes. Serás una buena persona, tendrás un buen trabajo, una casa propia, quizá mejor incluso que la de Gloria o Mitzi. Encontrarás a un buen hombre que no te engañe. Ganarás suficiente dinero como para cuidar a tu madre cuando ella sea mayor. Y un día no muy lejano, Parsons Boulevard será un punto tan

247

remoto en tu vida que incluso llegarás a pensar que este lugar infernal fue tan solo un sueño.

Agacho la cabeza y comienzo a sollozar.

—Pero aun así tengo miedo —digo.

Lila me besa la cabeza y me susurra algo al oído.

—Lo entiendo. Pero aunque aún no lo sepas, tú eres la que tiene la *verdadera* fortaleza en este asunto.

Se levanta y guarda los cosméticos de mami en el estuche. Los gatitos siguen correteando de un lado a otro de la sala.

—Ahora, termina de vestirte. Las clientas de Corazón nos esperan.

Capítulo 33

La peluquería está como un avispero tal y como Lila había predicho. Las campanitas de la puerta no paran de sonar con el entrar y salir de la gente. Las clientas comparan las ventas especiales en las diferentes tiendas, intercambian cupones, recetas para platos de dieta y se quejan de los familiares que de alguna forma les arruinaron la cena del Día de Acción de Gracias. Hundo la cara en la toalla caliente que acabo de sacar de la secadora y trato de no pensar en el lunes para no echarme a llorar.

Cerca del mediodía mi teléfono vibra. No reconozco el número y no contesto. Cuando unos minutos más tarde vuelve a vibrar, lo abro y leo el mensaje: «*Sal afuera*».

Mierda.

Miro hacia la ventana a través de la cortina de cuentas, pero no veo a nadie en la calle. Solo puede estar en la parte de atrás de la peluquería que da a un callejón. Pero de ninguna manera voy a encontrarme con Yaqui en un callejón. Me tiemblan las manos cuando abro la puerta del baño de los empleados. La ventana está muy alta, casi cerca del techo, y el cristal es opaco. Para poder mirar hacia fuera hay que abrirla, y es de las que se abren con una manivela. Cierro la tapa del inodoro y me subo. Le doy vuelta a la manivela despacio, para que nadie desde fuera lo note. Cuando he logrado abrirla una pulgada, me empino y miro.

Allí está Joey, levantando pequeños trocitos del asfalto con las botas. Luce desaliñado, como si no hubiera visto la ducha en varios días. Tiene la vista fija en su móvil y escribe algo. En ese momento vibra el mío. Agarro mi chaqueta del perchero y salgo para encontrarme con él.

—¿Qué haces aquí? —pregunto.

—Parado. ¿No me ves? —Se sopla las manos para calentárselas. Me doy cuenta de que tiene la cara y las manos sucias.

Quisiera preguntarle por su mamá, saber dónde ha estado estos días, pero no me atrevo. A lo mejor siente tanta vergüenza como yo. No sé. Trato de no pensar en mi desnudez ante su mirada inquisitiva o en la palidez de su madre en la camilla. «Por favor, Dios mío, que él no esté pensando en lo mismo».

—Me voy a Pensilvania —dice—. A vivir allí.

No sé qué decirle. No puedo decirle que me siento triste o que me preocupa lo que le depare el futuro.

—¿Por qué a Pensilvania? —pregunto finalmente, aunque pensándolo bien, *¿y por qué no?*

—Amigos. —Se encoge de hombros y añade—: Vacas y excremento, supongo.

—¡Fascinante! —digo, y los dos nos echamos a reír.

Se queda mirando sus botas.

—Salgo esta misma noche.

Lo observo un buen rato y siento otra vez un nudo en la garganta. ¿Quién me hubiera dicho que yo extrañaría a Joey Halper? Pero así es.

—¿Estarás bien? —pregunto.

—Mejor que aquí —dice dando otro puntapié en el asfalto—. Ella regresará con mi padre, y no quiero ser testigo de eso.

Hay un montón de cosas que quiero decirle. Que espero que Pensilvania sea el lugar donde el Joey de diez años pueda salir a jugar de nuevo a la calle. Que en Pensilvania pueda encontrar su camino y el día de mañana sentarse a la mesa el Día de Acción de Gracias y poder decir realmente: «Gracias, Dios mío».

Pero antes de que pueda hablar, me agarra la cara con las manos sucias y me mira fijamente a los ojos.

—Rana, ven conmigo —me dice—. Vámonos de aquí.

La primera telenovela que vi con Lila se llamaba *El destino es el amor.* En esa novela, el chico se lleva a su novia en

251

medio de la noche. Mami *odiaba* la novela. «Él la secuestra. Deberían meterlo en la cárcel», decía ella.

«¡Chsss, Chsss, Chsss...! Nadie la fuerza; ella quiere irse con él. ¡Qué romántico!», decía Lila.

Por la noche no dejo de pensar en la novela y de mirar el reloj. El bus sale de Port Authority a las nueve en punto. También recuerdo las palabras de Lila: «*Un día, no muy lejano, Parsons Boulevard será un punto tan remoto en tu vida que incluso llegarás a pensar que este lugar infernal fue tan solo un sueño*». Jamás he estado en Pensilvania, así que ni siquiera me puedo imaginar cómo será la vida allí, excepto que es bueno comenzar en un lugar donde nadie te conoce. Ninguna expectativa. Ningún cartón de leche volador. Ninguna Yaqui Delgado a la vista.

Pero, aun así...

Miro el teléfono. No he recibido ningún mensaje. Ni de mami, seguramente muy ocupada en su trabajo, ni de Mitzi, a lo mejor finalmente se dio por vencida. Esta noche era su primer partido de baloncesto y no fui a verla jugar, y por ello nunca sabré si Sophia logró al fin que Mitzi mejorara en el juego.

«*Lo siento*», le mando un mensaje a Mitzi.

No tengo tiempo que perder. Debo encontrarme con Joey. Doblo la nota que le he escrito a mami y se la dejo encima de la mesa de la cocina para que no se preocupe. Tomo mi bolso y cierro la puerta al salir.

Puedo ver la llama de su cigarrillo antes de llegar a la esquina donde me espera. Tiene puesta una chaqueta militar y sobre el hombro carga una bolsa de lona.

Me abraza fuertemente, y juro que huelo algo metálico en él, algo así como miedo. Ambos sabemos que no puedo irme con él, pero eso no impide que él siga insistiendo. Durante todo el viaje hasta la estación de autobuses me toma de la mano y me cuenta cosas de Pensilvania. Me doy cuenta de que está nervioso. No deja de mover las rodillas y chasquear los dedos de las manos hasta que le digo que pare.

La estación está llena de pasajeros que tratan de regresar a sus casas. Joey y yo intentamos acercarnos a las pantallas abriéndonos paso entre la gente. En la puerta de salida todos los asientos están ocupados, así que nos sentamos en el suelo. Entonces le muestro el gatito que llevo escondido en el bolso.

—Ellos también se cansaron de vivir en ese edificio de porquería —digo.

Después de haber trabajado el día entero de pie, estoy muerta de cansancio. Los ojos se me cierran y apoyo la cabeza en su hombro. Me hace recordar cuando éramos pequeños y no teníamos grandes preocupaciones.

—¿Te acuerdas de cuando la señora Feldman te mandaba a mi clase? —pregunto medio embelesada. A Joey siempre lo sacaban de su clase por hacer el payaso. La maestra lo sentaba en la última fila, en el último pupitre. Ella siempre se refería a ese lugar como Siberia.

—La pobre no tenía ningún sentido del humor —dice Joey.

—Una vez pegaste con goma los diccionarios de la clase.

Nos echamos a reír.

A las 8:45 hacen un anuncio.

«Puerta de salida número diecisiete, con paradas en Mount Laurel y Camden», se escucha por los altavoces. La fila comienza a moverse. Nos levantamos y cogemos nuestras cosas. A través de la puerta abierta llega el humo de los buses.

Por el cristal veo cómo los pasajeros le entregan el boleto al chófer y reciben un comprobante por la maleta. El de Joey está arrugado y medio borroso por la presión que ha hecho con los dedos.

—¿Estás segura de que no quieres venir? —pregunta por última vez.

Lo acerco a mí y abro el zíper de mi mochila.

—Ten. —Agarro el gatito anaranjado y meto la bolita de pelo dentro del bolsillo de su chaqueta, donde está calentito, cerca de su cuerpo.

—Dile que me escriba —susurro al gatito evitando mirar a Joey a los ojos. Y a Joey le digo—: Recuerda que yo tengo a su hermano.

254

Entonces saco una última cosa. Es el sobre que guardo en la mesa de noche en mi cuarto. Se lo pongo a Joey en la mano.

—¿Qué es esto? —Lo abre y no dice ni una palabra. Dentro hay un fajo de billetes de a uno y cinco, las propinas de dos meses en Corazón.

—Por si lo necesitas —digo—. Y no te lo gastes en tinta para tatuajes, tonto. Tuve que barrer mucho pelo para eso.

Entonces me mira, y veo que tiene los ojos brillantes.

«¡Última llamada!».

Las rodillas me flaquean y siento un repentino impulso por seguirlo, pero si lo hago, Yaqui se habrá salido con la suya, me habrá arrebatado todo lo que es mío: mami, Lila, Mitzi y el derecho a decidir mi propio destino.

Le doy un beso a Joey en la mejilla y lo abrazo estrechamente hasta sentir el leve maullido del gatito. Siento el aliento de Joey en mi cuello cuando me susurra algo al oído:

—Cuídate mucho, Rana. Échate a correr si es necesario.

Sube al autobús y se marcha.

Capítulo 34

Es lunes y el trayecto hasta la escuela lo hacemos en silencio. Lila me acompaña. «Por si acaso», dice ella, pero no estoy segura de si lo que quiere decir es: «Por si acaso aparece Yaqui» o «Por si acaso, no vayas a cambiar de idea».

Todavía no ha llegado diciembre y en el aire ya se percibe un olor a nieve y frío. Me pregunto si el camino hacia la muerte será algo parecido. Como en una cárcel. Inhóspita. Y, de pronto, todo termina con un pinchazo o una sacudida. Es como caminar en un sueño. Lo único que me reconforta un poco es el elefante roto que llevo en el bolsillo, y tampoco es que me ayude demasiado. Según nos vamos acercando a la escuela, me pongo peor. Sé que Yaqui me dará nuevamente una paliza o al final tendré que delatarla, y, cuando se entere, su venganza será peor.

En la oficina de la escuela la secretaria abre con desgano el libro de asistencias. Examina a Lila de arriba abajo y se fija en sus zapatos de piel de cebra.

—Firme aquí, por favor.

Lila observa todos los pósteres que hay colgados y sonríe inocentemente. Luego repasa cuidadosamente el libro de asistencias como si fuera el catálogo de Avon.

—Las dos hemos estado enfermas, pero no hay que preocuparse, no es nada contagioso. —Firma con el nombre de mami—: Que tengas un buen día, hija. —Me hace un guiño, pero no sonrío.

Agarro la nota que me entrega la secretaria y me voy presurosa. El taconeo de los zapatos de Lila se escucha en la dirección opuesta.

—Si quieren aprobar Historia de Estados Unidos el próximo curso, será mejor que conozcan bien este tema —dice el señor Fink a la clase.

Interrumpe momentáneamente la explicación sobre el nacionalismo cuando entro y dejo la nota en su escritorio. Me dirijo a mi lugar y actúo como si nadie reparara en mí, pero siento que todos me miran fijamente, especialmente Darlene. Me pregunto en qué estarán pensando. ¿Se estarán riendo de mí? ¿Se estarán acordando de ese estúpido vídeo donde salgo desnuda? ¿Se habrán dado cuenta de mi cambio: una persona que no pertenece a esta clase de chicos aplicados que desean superarse? Seguramente han visto el vídeo, se han quedado boquiabiertos al verme desnuda y agradecidos de que no les haya pasado a ellos.

Quizá alguno piense que presento cierto riesgo y que sería mejor cortar la rama para salvar el árbol.

Sally Ngyuen se endereza en su silla y fija la vista en la pizarra cuando tomo asiento a su lado.

—Preguntas de comprensión, página doscientos dos —indica el señor Fink—. Quiero las respuestas en oraciones completas.

Libro de texto, cuaderno, lápiz —la secuencia a seguir de cualquier persona normal—. Sin embargo, las palabras al comienzo de la página se presentan borrosas. Las leo y releo una y otra vez tratando de recordar algo sobre cómo se relaciona el mundo.

—Piddy... Piddy... —La voz de Darlene es apenas un susurro.

No me viro a mirarla. Cuando la clase termina, salgo rápidamente hacia mi próxima clase sin darle tiempo a que me alcance.

Por la tarde, la señora Shepherd no muestra asombro cuando entro en clase, aunque me mira un poco más de lo normal. El maquillaje de Lila no engaña a nadie, y si añades cómo lucen mis cejas y el cansancio que refleja mi cara, soy la representación perfecta de lo que ella llama «el zoológico de su clase».

—Presten atención —dice repartiendo las páginas

maquetadas de la revista literaria—. Tenemos que finalizar estas páginas antes del recreo. Les recuerdo que la revista tiene que estar terminada para este viernes. Tienen que trabajar cada cual en su grupo y hacer las correcciones finales de las páginas asignadas. —Me mira y dice—: Piddy, ¿por qué no te unes al grupo de Rob?

El grupo de Rob es solo Rob.

Todo el mundo comienza a mover sus sillas para sentarse cada cual con su grupo; veo un asiento vacío al lado de Rob y me siento.

—Me imagino que estar a cargo de la revista puede ser un poco solitario —digo tratando de romper el hielo.

—No me siento solo —dice. Se produce un silencio que me hace sentir como una idiota.

—Mira, Rob —digo finalmente—. Siento mucho haberte gritado aquel día después del almuerzo. Yo estaba completamente ofuscada por el hecho de que mi ensayo estuviera colgado en el tablero y...

—Tenías miedo —dice él mientras extiende sobre la mesa la página de introducción—. Parecía que los ojos se te iban a salir de las órbitas.

La página abierta llama mi atención inmediatamente. Un precioso dibujo cubre casi todo el pliego y veo su nombre debajo. Cuando me fijo mejor, me doy cuenta de que está hecho con diminutos puntitos, como en píxeles.

Cuando lo sostienes a la distancia del brazo, te das cuenta de que es la imagen de tres chicos con cara de lobo que escriben algo en una taquilla. En la parte de atrás de sus chaquetas la palabra «FRACASADO» aparece en letras blancas. Me viene a la mente el día que alguien escribió en su taquilla. Obviamente no fui lo suficientemente rápida como para que no se enterara.

—Eres todo un artista —digo—. Yo no tengo talento para dibujar, y menos animales.

—¿Qué te gusta dibujar? —me pregunta.

—Elefantes. —Lo cual es cierto. Nunca me salen bien, más bien se parecen todos a Babar. Rob tiene la vista fija en mí y yo sigo hablando—: Pero tus lobos son magníficos —añado.

Dejo el papel sobre la mesa y me doy la vuelta para verlo de frente. Siempre he sabido que es un genio en todas las materias, pero ahora sé que también tiene otros talentos.

—Rob, ¿pero hay algo que no se te dé bien?

—Las personas —dice.

—Es verdad.

No sonríe y de nuevo se hace un silencio que parece interminable.

Comienzo a corregir las pruebas de su ensayo, si bien es difícil concentrarse en las comas. De hecho, su total franqueza raya en lo humorístico. Casi he finalizado cuando pone la mano sobre el papel.

—Espera, no he terminado aún. Es realmente bueno.

—Lo que tú escribiste es mucho mejor que algunos de los escritos que hemos seleccionado para la revista —dice él.

No es precisamente la conversación que quiero tener, y mucho menos con la gente que tenemos a nuestro alrededor.

—Terminemos de editar lo que falta —murmuro mientras busco la siguiente página.

—El poema de Darlene es odioso —dice quizá demasiado alto—. Lo he puesto casi al final.

—¿Dijiste algo, Rob? —pregunta Darlene fulminándonos con la mirada desde el otro extremo de la clase.

—A veces actúa como una verdadera idiota —comento.

—Todos, en algún momento, actuamos de igual manera —dice Rob encogiéndose de hombros—. Incluso hasta de quien menos lo esperamos. Por ejemplo, faltas mucho al colegio, y eso es una estupidez.

—Tú eres el que te estás comportando como un reverendo idiota en estos momentos —digo.

—Es lo que te digo. Puede sucederle a cualquiera.

En ese momento se escucha a alguien que toca a la puerta. Un pequeño rayo de luz se cuela cuando el señor

Flatwell entra y escanea con la vista el aula. Le hace una señal a la señora Shepherd. Cierro los ojos y me agacho. A lo mejor puedo hacerme la muerta como una zarigüeya cerca de los cubos de basura. Pero es en vano: las suelas de sus zapatos de goma apenas se oyen hasta que lo tengo a mi lado.

—Hola, señor Allen —le dice a Rob, que se pone rojo y luego morado. Entonces se dirige a mí:

—Señorita Sánchez —dice bajito—. Por favor, venga conmigo.

Cuando entramos a su oficina, veo a una señora que no había visto antes. Me observa desde un pupitre que el señor Flatwell tiene en una esquina.

—Gracias por venir, señorita Castenado —dice el señor Flatwell.

Cierra la puerta y me doy cuenta de que ella seguramente está allí como testigo. Pensar que el señor Flatwell pueda cometer alguna indiscreción es algo que no me puedo ni imaginar, pero uno nunca sabe.

El señor Flatwell se reclina en su silla y me observa durante unos minutos.

—Ha faltado varios días a clase. También tengo entendido que su mamá no estaba al tanto de sus ausencias.

Me muevo intranquila en la silla.

—Ella ahora lo sabe —digo—. Y he vuelto.

—Nos alegramos de que haya regresado —dice sin ningún sarcasmo. Se hace un silencio momentáneo, como esperando a que yo diga algo.

—¿Me han llamado por alguna razón? —pregunto.

La señorita Castenado me mira y luego mira al señor Flatwell. A lo mejor no les ha gustado mi tono.

—He recibido un informe sobre usted —dice el señor Flatwell.

—Mi mamá ya sabe lo de mis ausencias —insisto.

El señor Flatwell se inclina y junta las manos sobre el escritorio.

—¿Ha oído hablar de FCEA?

La pregunta me toma por sorpresa.

—¿Qué?

—FCEA. La señorita Castenado es la directora —dice señalándola—. Es un programa nuevo de este año. FCEA significa 'FIRMES CONTRA EL ACOSO'. —Me entrega un folleto con un bulldog en la portada. Lo reconozco de la Oficina de Orientación: «Zona libre de acoso», pone.

La señorita Castenado se aclara la garganta y acerca su silla a nosotros.

—Es una manera anónima de denunciar casos de acoso —explica ella—. Cualquier informe que nos llegue es estrictamente confidencial.

263

Se produce un silencio tal que incluso lastima mis oídos. El señor Flatwell toma un papel de su escritorio; yo no dejo de observarlo.

—He recibido un informe de FCEA que dice que alguien en la escuela la ha estado acosando. —Me mira por encima de sus lentes—. ¿Es cierto?

—¿Quién envió el informe? —pregunto.

Me bajo las mangas nerviosa hasta cubrirme las muñecas. Darlene me dejó claro que ella no se quería involucrar en este asunto. Pero no puedo pensar en ninguna otra persona que supiera que el colegio tenía este nuevo programa.

—El informe fue enviado anónimamente, aunque es obvio que alguien está preocupado por usted.

¿Alguien preocupado por mí? ¿En este colegio? Qué risa. Mientras él espera mi respuesta, pienso en Rob y en cómo ha tratado de ayudarme en otras ocasiones sin ni siquiera yo saberlo.

—Lo que usted nos diga en esta oficina será confidencial —explica la señorita Castenado—. Queremos ayudarle antes de que las cosas empeoren.

Hay un póster de un gatito, colgando de una rama, pegado en la pared detrás de donde ella se sienta. Dice: «¡RESISTE!». Se me hace un nudo en la garganta. Las cosas ya han ido demasiado lejos y ella no tiene ni idea. En ese momento me viene a la mente el recuerdo de Joey y de la señora Halper, y todas las veces que la escuchamos a través de las tuberías. Todas las veces que llegó la policía y al final se fueron como si nada. «*Todo está bien* —decía ella—. *No ha pasado nada*». Siempre daba alguna excusa, y quizá simplemente tenía miedo de pedir ayuda.

La señorita Castenado se levanta y me alcanza un vaso de agua. Coloca una caja de pañuelos de papel delante de mí, pero no toco ninguna de las dos cosas.

—A veces logramos un diálogo entre las personas involucradas y las ayudamos a resolver el conflicto.

—No —digo con firmeza.

El señor Flatwell se aclara la garganta.

—El año pasado, en el otro colegio, sus notas eran excelentes.

Saca una foto mía, tamaño carné, que guarda en mi expediente. Reconozco la foto de la otra escuela. Mami tiene la misma en la caja donde guarda todas las fotos. Fue tomada el septiembre pasado. Seguramente la de este año la tomaron uno de esos días que no vine al colegio. Observa la foto detenidamente y dice:

—He leído su expediente. Estaba en clases avanzadas de Ciencias y de Lenguaje. La señora Shepherd ha dicho que tiene talento. —Se inclina más hacia delante—: ¿Qué pasa, señorita Sánchez? Algo no está bien.

¿El año pasado? ¿Quién se acuerda? Eso era cuando yo podía dormir una noche entera y soñaba con mis elefantes y el Sahara. Cuando sentía el ritmo de la salsa en mis huesos. Cuando podía reírme a carcajadas con Mitzi y decidir qué ropa ponernos. Agustín Sánchez era mi enigmático padre, y yo quería saber todo acerca de él. Ahora no puedo mirar de frente, ni caminar como me plazca. No tengo amigos. Y ni siquiera mi padre tiene interés en conocerme. Si hay alguna forma de volver hacia atrás, por lo menos yo no la conozco.

El cuarto me da vueltas ahora. Hablar sobre un secreto es como buscar la salida de una oscura cueva. No estás segura si te estás adentrando o saliendo a la claridad. ¿Es la luz del sol o simplemente un espejismo?

Cierro los ojos y me concentro como no lo he hecho nunca. Escucho la voz de Lila nuevamente en mi cabeza: *«Piddy, tú eres la que tiene la verdadera fortaleza en este asunto. Un día, Parsons Boulevard será un punto tan remoto en tu vida que incluso llegarás a pensar que este lugar infernal fue tan solo un sueño».*

Lo que ella espera de mí son como brillantes luciérnagas lejos de mi alcance.

—¿Señorita Sánchez? ¿La ha estado acosando alguien en el colegio?

También pienso en Rob y en el dibujo de los tres lobos que ha hecho para que todos lo vean. De cómo se mantiene fuerte a pesar de los abusos que ha recibido, incluso de personas que deberían obrar de diferente manera. La gente lo trata mal, y él responde con humanidad.

266

—No querrá darnos el nombre...

De repente, escucho la voz de mami muy cerca de mi oído: «*La pregunta es: ¿qué clase de persona quieres ser tú?*».

En un acto decisivo, saco mi elefante y lo coloco sobre el escritorio del señor Flatwell. No tiene trompa. Está medio roto. Es apenas una minucia.

—Sí —digo resuelta—. Yaqui Delgado.

Capítulo 35

La señorita Castenado me hace compañía durante el almuerzo hasta que el señor Flatwell regresa. Podía haber elegido no estar presente en la reunión, pero al fin y al cabo, ¿qué ganaría con eso? Yaqui se va a enterar de todas maneras de que la he denunciado. Por lo menos ahora, cuando el señor Flatwell regrese con ella, podré mirarla directamente a los ojos y ella hará lo mismo. Pero, esta vez al menos, será un enfrentamiento de igual a igual. Lo peor es que quizá nunca alcance a saber exactamente cómo llegamos a este punto. ¿Fue acaso porque su novio se fijó en mí? ¿Por la forma en que camino? ¿O porque piensa que soy mejor que ella? A estas alturas ya no tiene importancia. Durante todo este tiempo le he tenido miedo a Yaqui Delgado, pero ya es hora de enfrentarme a ella, no en un callejón o en el patio del colegio, sino dónde y cuándo yo decida. No importa cómo ataque, esta vez yo estaré preparada.

El señor Flatwell tarda un tiempo en regresar. Cuando lo hace, lo acompaña el oficial Roan, el guardia de la escuela. En cuanto Yaqui me ve, mueve la cabeza de un lado a otro amenazante. En ese momento no me atrevo a mirarla fijamente, pero la miro como si la viera a través de un parabrisas, sin fijarme en ningún otro detalle.

El señor Flatwell toma asiento y entrelaza las manos.

—Por favor, señorita Delgado, tome asiento.

—No la conozco —dice ella aún de pie—. No sé quién es.

Y está en lo cierto. No me conoce en absoluto, pero ahora sí la miro de frente, a pesar de que me tiemblan las manos. Los aretes le cuelgan y rozan sus hombros. Lleva varios anillos dorados en los dedos índices. Una pequeña cicatriz blanca le corta la ceja. Tiene unas postillas en los codos y por un segundo pienso, orgullosa, si yo también le hice daño.

—¿Se te perdió algo? —salta furiosa.

El señor Flatwell levanta la mano y le lanza una mirada de advertencia. Luego me mira a mí.

—Señorita Sánchez, ¿puede explicarme qué es lo que está pasando entre usted y Yaqui Delgado?

No respondo enseguida. Siento la furia de Yaqui en el aire. Cuando no haya testigos presentes, me buscará y sé que me encontrará. Me golpeará aún más fuerte, me odiará más todavía. Descargará con los puños su odio una y otra

269

vez en mi cuerpo, hasta que penetre dentro de mí. Las cicatrices que tengo me acompañarán el resto de mi vida. Trato de mantener la calma, y me vienen a la mente las palabras de mami: «*Dios te puso los ojos al frente para que puedas mirar hacia delante y nunca hacia atrás*».

Trato de pensar en el futuro, cuando me gradúe de la escuela secundaria, cuando esto apenas sea un mal sueño. Para mí habrá un mañana, un mañana más prometedor, que es más de lo que Yaqui puede esperar.

Comienzo despacio, con voz pausada, y le cuento al señor Flatwell lo que pasó con Vanesa y aquel primer encuentro en el patio del colegio; también aquella vez que vino a buscarme a la peluquería Corazón. El día que Yaqui me arrebató la cadena con el elefante en el pasillo del colegio. El oficial Roan toma nota de todo. Yaqui interrumpe constantemente alegando que todo lo que digo es mentira.

—Miente —dice.

—No miento.

Extiendo el brazo, agarro un papel y un lápiz del escritorio del señor Flatwell y anoto la humillante sarta de letras y números que tengo grabada en mi cerebro.

—¿Qué es esto? —pregunta el señor Flatwell cuando se lo entrego—. ¿Un sitio de Internet?

—Sí. En realidad es una película. Yaqui y yo somos las protagonistas.

El señor Flatwell enciende la computadora, introduce

su código de acceso, conecta con el enlace de YouTube donde está colgado el vídeo. La pantalla se refleja en el cristal de sus lentes: es la escena a la entrada de mi edificio. La señora Boika está mirando por la ventana, y hay un grupo de chicas de espaldas a la cámara.

No siento vergüenza cuando el vídeo comienza. Esta vez ni siquiera me echo a llorar.

Capítulo 36

—Alguien puede ir contigo —susurra la señorita Castenado mientras me acompaña hasta la salida del colegio—, aunque estoy segura de que el señor Flatwell no dejará a Yaqui salir de su oficina en un buen rato. También hemos avisado a los monitores del patio. Y no te preocupes: borraremos el vídeo de Internet inmediatamente.

Le digo que yo puedo ir sola, aunque comprendo que esta es mi nueva vida de chivata. He visto esa maniobra en muchos programas sobre tribunales en televisión. El juez deja salir al testigo mucho antes que al acusador para que este no pueda entrarle a golpes en el estacionamiento o, en mi caso, en el patio del colegio.

Estoy a punto de salir cuando alguien pasa a nuestro lado en dirección a la puerta.

—¿Adónde va con tanta prisa, señor? —pregunta la señorita Castenado—. Todavía faltan quince minutos para que suene el timbre.

Rob le muestra el pase sin levantar la vista del suelo.

—Tengo permiso de salir antes —dice—. Tengo una cita con el dermatólogo.

Me mira de reojo mientras la señorita Castenado lee la nota y asiente con la cabeza.

Rob abre la puerta para dejar que yo pase primero. Caminamos en silencio hasta la salida, se vira y me entrega algo.

—¿Qué es esto? —pregunto. Cuando lo abro, es la solicitud para entrar en McCleary, la academia de Ciencias de la que Darlene me había hablado.

—¿Ves la fecha? —dice él—. Vence el viernes. ¡Date prisa!

Me quedo absorta mirando la solicitud, y la mente me da mil vueltas. Cuando alzo la vista, Rob ya está en mitad de la calle.

—¡Espera! —grito corriendo tras él.

Se da la vuelta y se detiene; el frío hace correr un poco su nariz. Cuando llego a su lado, no sé qué decir, y entonces lo suelto de un golpe, al «estilo Rob».

—¿Fuiste tú el que le dijo al señor Flatwell que Yaqui Delgado me acosaba? —Mi voz suena acusadora, pero no es esa mi intención—. Alguien envió un informe anónimo, y pienso que fuiste tú.

Parpadea y se mueve incómodo.

—Contéstame —insisto.

—Sí —dice finalmente—. ¿Y tú fuiste la que borraste esa palabra de mi taquilla?

En un primer momento me quedo sin palabras. No estoy segura de si es una afirmación o una pregunta.

—Sí.

Rob muestra la sonrisa más pequeña que jamás he visto.

—Hasta mañana —dice.

Cuando llego a casa de Mitzi después del colegio, no hay nadie. Seguramente está jugando baloncesto, en prácticas de bádminton o en cualquier otro deporte de la temporada. Me siento en los escalones de la entrada a esperar. Como la calle es tranquila, y apenas pasan autos, tengo tiempo para pensar. El señor Flatwell y el oficial Roan me dijeron que tenía que contarle a mi mamá lo que ha estado ocurriendo. Tiene que venir al colegio conmigo mañana. «Hay varias formas de manejar este asunto», dijo el señor Flatwell.

¿Como cuál? ¿Como el Programa de Protección a Testigos?

Saco la solicitud de admisión de McCleary de la mochila y comienzo a leer los requisitos. Me pregunto si he caído demasiado bajo como para que me acepten. Recuerdo la advertencia del señor Nocera: a veces los errores *pueden* hundirnos para siempre. Comete un error al comienzo de una ecuación y nunca obtendrás la respuesta correcta. *¿Será así en todo o solo en las matemáticas?*

No sé cuánto tiempo he estado esperando, pero finalmente escucho unos pasos que se aproximan. Me levanto y veo a Mitzi que se acerca. Por suerte, está sola.

—¿Piddy?

Una pesada mochila cuelga de su hombro. Sonríe, y al hacerlo, su rostro muestra una mueca. Entonces me doy cuenta de que tiene el labio hinchado.

—¿Qué te pasó? —pregunto.

—El sábado, en el partido, me dieron un pelotazo en la boca.

—¿Ganaste al menos?

—No. —Entonces señala con la barbilla uno de mis morados y dice—: ¿Y cuál es tu excusa? ¿Te pasó un camión por encima?

—Más o menos.

Se hace un silencio incómodo.

—¿Recibiste mi mensaje? —pregunto.

Asiente.

—Hubiera querido venir a verte, pero no pude.

—¿Por qué no?

Me encojo de hombros.

—Han pasado muchas cosas —digo.

Durante unos segundos permanecemos calladas. Mitzi

mete la mano en la chaqueta, saca la llave que lleva colgada al cuello y abre la puerta.

—Bueno, entonces será mejor que me lo cuentes todo.

Justo entonces mi teléfono vibra y veo el mensaje. Siento un gran alivio.

—¿Qué pasa? —pregunta Mitzi.

Le muestro la pantalla. Es una foto de Joey con el gatito en la cocina de una casa.

Se fija mejor y abre los ojos.

—No puede ser. ¿Es quien yo pienso que es?

—Sí. Tenemos muchas cosas que contarnos —digo cuando entramos a su casa.

Capítulo 37

Pienso que solo cuando no nos queda otro remedio, somos capaces de hablar sobre las cosas que nos dan miedo. Me lleva un tiempo reunir el valor suficiente para llamar a mami. Cuando lo hago, Mitzi está a mi lado.

—Si no lo haces en este mismo instante, no lo vas a hacer nunca.

Llaman a mami por megafonía y acude al teléfono.

—Cuando salgas del trabajo ve a la peluquería Corazón —le digo. Mitzi asiente, orgullosa de mí. Piensa que hablar en un lugar público es mejor—. Dile a Lila que espere, que no se vaya.

—¿Para qué quieres que vaya a buscarte, Piddy? Estoy muy cansada y prefiero irme a casa.

—Encuéntrame allí, por favor. Mitzi irá también. Necesito hablar contigo. Es importante.

Cuelgo antes de que me responda.

——

Cuando llegamos a la peluquería, las dos están allí. Mitzi y yo miramos por el escaparate. Ya es tarde y la puerta está cerrada con llave, aunque no han bajado la reja todavía. Lila y mami conversan con Gloria como viejas amigas. Están sentadas en los secadores, y Lila se ha quitado los zapatos. Veo, por la forma en que mami mira el reloj, que no presta mucha atención a lo que dicen.

Cuando toco en el cristal, Gloria se levanta y corre a abrirnos la puerta.

—Llegaron. ¡Qué frío! —dice temblando mientras Mitzi y yo entramos—. Pasamos del otoño al invierno sin darnos cuenta. Pero, entren, entren, por favor. ¡Ay, Dios mío! ¿Eres Mitzi Ortega?

La presencia de Mitzi causa gran revuelo, besos y abrazos. Por fin, cuando todo se calma un poco, es Fabio quien nos da su «cordial» bienvenida. Tiene puesto un chalequito de lana que lo protege del frío. Gloria lo levanta en brazos y me da una palmadita en la mejilla.

—Le decía a tu mamá que quiero que venga un sábado. Abriré a las ocho en punto para que no llegue tarde al trabajo. Le haré un buen corte, cortesía de la casa. Así que asegúrate de que venga —dice sonriendo—. Ahora tengo que cuadrar la caja. Lila, ¿por qué no vienes y me ayudas? Mitzi, ven tú también para que me cuentes cosas de Long Island. Esa madre tuya no me ha llamado ni una sola vez desde que se mudó. Se ha olvidado de nosotros. —Apenas se escucha su alegre voz cuando se dirigen al fondo de la peluquería.

Mami mira incómoda a su alrededor.

—Se me hace raro verte aquí —digo.

—El lugar no ha cambiado nada.

Durante unos minutos se queda callada, pensando. Estoy segura de que está recordando ese día, en este mismo lugar, cuando se enteró de lo de mi padre. Yo también pienso en él, pero ahora es diferente. Ya no es alguien a quien echo de menos. Es solo alguien que, para bien o para mal, no quiso que ni mi mamá ni yo formásemos parte de su vida.

La voz de mami me trae a la realidad.

—Me imagino que no me has traído aquí para darme un recorrido por la peluquería. Lila no me ha querido contar nada, así que debe ser algo grave. ¿Qué pasa?

—Es algo que tiene que ver conmigo y el colegio —digo.

—¡Ay, Piddy!, ¿qué pasa ahora? —dice con una gran preocupación reflejada en el rostro.

Hablo despacio, sin dejar de mirarla a la cara. Mami no me interrumpe mientras le explico por qué no he estado yendo al colegio. Cierra los ojos y escucha cuando le cuento lo de Yaqui y cómo me asaltó y me dio una paliza. No dice nada, ni siquiera cuando le menciono todos los lugares a los que fui cuando no iba al colegio. Solo aprieta los labios y asiente con la cabeza. Dejo fuera a Joey. No veo razón para echarle más leña al fuego; además, él ya no está aquí.

—El señor Flatwell quiere que vengas al colegio mañana. Dice que tengo varias opciones.

—¿Qué quiere decir con eso?

Me encojo de hombros.

—No sé exactamente. —Busco en el bolsillo de mi chaqueta y saco la solicitud de McCleary. Se la muestro y le digo: —Quizá esta sea una de mis opciones.

Mami lee lo que he escrito y me lanza una mirada inquisitiva.

—Es una academia especial de Ciencias a la que me gustaría ir. Me dan créditos universitarios —digo respirando profundamente—. Me encantaría trabajar con animales, algo así como una veterinaria. En realidad, me gustaría aprender todo sobre los elefantes...

—Elefantes —repite ella.

Trato de interpretar la expresión de su rostro, pero no lo logro.

—Sí, es lo que me gusta. —Busco en el bolsillo el elefante y se lo muestro—. ¿Lo reconoces? Yaqui lo aplastó de un pisotón.

Observa el elefante y luego me mira en silencio. Cuando se levanta, no me dice que mi idea es una locura, sino que me acerca a ella y me abraza fuertemente. Puedo sentir los latidos de su corazón. Es algo tan puro que me deja sin aliento. Es como si quisiera pasarme toda su fuerza a través de mi piel hasta la médula de mis huesos.

—¿Mami? —mi voz se amortigua contra su cuello.

—¿Qué?

—Ninguna letanía sobre chusmas, ¿OK?

Me mira y me abraza aún más fuerte.

Capítulo 38

Durante la noche cae la primera nevada de la temporada, más temprano de lo normal. Mami se abriga como si fuéramos a una expedición ártica. Odia el frío y la nieve, no encuentra ninguna belleza en las ramas cubiertas de nieve. En días como este siempre habla de cómo en Cuba, aun en invierno, no tenía que usar abrigo, y mucho menos gorro, guantes o botas. Pero hoy, mientras nos arreglamos para ir a ver al señor Flatwell, no protesta. Ni siquiera le dice nada a Lila, que ha decidido ponerse sus botas nuevas de tacones. Las tres caminamos agarradas del brazo para evitar que se resbale. El único sonido es el de la nieve bajo nuestros pies.

Cuando llegamos al colegio, el señor Flatwell nos está esperando. El colegio está desierto, ni siquiera las secretarias han llegado todavía.

—Por aquí, por favor —dice el señor Flatwell guiándonos por un laberinto de oficinas oscuras hasta llegar a la sala de conferencias del director. Enciende la luz y nos

señala tres sillas que hay en un extremo de la mesa—.
Tomen asiento.

Se coloca frente a nosotras, coloca una carpeta sobre
la mesa y entrelaza las manos. Mami no se quita el abrigo.

—Gracias por haber venido. Señorita Sánchez, ¿sería
tan amable de presentarnos?

Hago lo que me pide. Lila me aprieta la mano bajo la
mesa cuando la presento como mi tía.

El señor Flatwell asiente cortésmente, y me doy
cuenta de que es el primer hombre que conozco que no
sonríe estúpidamente al ver a Lila. Se aclara la garganta y
comienza a hablar con la vista fija en mami.

—Asumo que su hija le ha explicado que ha habido
varios problemas en el colegio este año.

—Una matona que la ha estado acosando sin ninguna
razón —dice Lila.

—Sí, pero Piedad también ha faltado al colegio sin
permiso —señala él.

Mami está nerviosa; no dice nada.

—Tenía motivos —digo.

—Sí —responde él—, pero, aun así, es un problema
que tiene que resolver. Con tantas ausencias va a ser difícil
que se pueda poner al día con el trabajo de la escuela.

Lo miro contrariada, aunque sé que tiene razón.

—Piddy nunca antes había tenido problemas en el
colegio, ¿verdad, Clara? —la voz de Lila suena firme—.

¿Qué clase de lugar es este que permite que una matona le haga la vida imposible a una buena estudiante?

—Es un colegio muy grande, señora Flores.

—Señorita —aclara Lila—. ¿Y qué tiene que ver que sea grande?

—Permítame explicarle mejor, señorita Flores: en un día cualquiera, un cinco por ciento de los estudiantes causan problemas. No es un porcentaje alto, ¿verdad? Pero si tiene en cuenta el número de estudiantes que eso representa, es casi imposible, con nuestro personal, poder vigilarlos a todos. En un colegio como el nuestro, con dos mil quinientos estudiantes, cerca de cincuenta de ellos están en libertad condicional o han tenido algún problema con la ley. Los problemas también los traen a la escuela. Hacemos lo mejor que podemos, pero a veces no es suficiente, debo admitir.

—¿Desde cuándo se transformaron los colegios en refugios para criminales? —pregunta mami—. Mi hija viene al colegio a aprender.

Por lo general, siento vergüenza de las cosas que dice mami, pero en este caso su pregunta es válida.

—Tenemos que darle el beneficio de la duda a todos los estudiantes y ofrecerles una educación hasta los dieciséis años —explica él—. Incluso a aquellos que ocasionan problemas.

—¿También cuando agreden físicamente a otros? —pregunta Lila.

El señor Flatwell guarda silencio durante unos segundos y entonces se vira hacia mí:

—La buena noticia es que un noventa y cinco por ciento de los estudiantes son buenos chicos. Y uno de ellos fue lo suficientemente inteligente como para informarnos de este abuso.

—Rob Allen —digo.

No muerde el anzuelo.

—No puedo ni confirmar ni negar la fuente —dice él—. Pero con el informe podemos suspender a la estudiante. Eso siempre y cuando usted confirme el abuso y presente cargos.

Trago en seco. Yo responsable de la suspensión de Yaqui. Sentencia de muerte.

—¿Una denuncia a la policía? —pregunta mami asustada.

—Efectivamente. Una denuncia formal de asalto a la policía. Nosotros podemos facilitar el proceso.

La cara de mami palidece aún más.

—¿Y eso cómo me ayuda? —pregunto.

—Se crea un expediente que puede ser utilizado en los tribunales. Yaqui tendrá que responder a los cargos contra ella y puede ser expulsada. —Se observa las manos

285

nerviosamente—. El vídeo será una evidencia indiscutible y ayudará al caso.

Mi mente da muchas vueltas considerando las posibilidades. ¿Y si no la expulsan? Además, aunque la expulsaran, siempre podrá encontrarme en cualquier parte fuera del colegio, lo cual es aún peor.

Lila se endereza en la silla y salta, como leyéndome el pensamiento.

—Usted sabe que esa chica atacará a Piddy en cuanto se le presente la primera oportunidad, algo que yo no voy a permitir, señor Flattop.

—Lila... —dice mami bajito.

—Flatwell.

—¿Qué? —pregunta Lila.

—Mi nombre es Steven Flatwell.

—Hummm... —murmura ella levantando las cejas.

—Yo no le recomendaría que actúe por su cuenta. Sería una complicación innecesaria —dice mirándome—, y definitivamente no un buen ejemplo.

—Lila ha sido y es un buen ejemplo para Piddy —interrumpe mami mirando seriamente al señor Flatwell—. Es usted quien tiene que buscar la manera de que esa chica no esté más por aquí. ¿Dónde están los padres de esa joven?

El señor Flatwell se reclina en la silla, un poco abatido.

—Desafortunadamente los padres no son un recurso

en este caso —dice estudiando cuidadosamente sus palabras—. Me gustaría poder decirle que podemos echar a esta estudiante definitivamente, pero no es tan fácil. De todas formas, no sería la solución. Para que Piddy pueda estar completamente segura, tendríamos que expulsar a toda la pandilla, lo cual es imposible.

En cuanto lo dice, sé que tiene razón.

—Usted dijo que yo tenía algunas opciones, pero más bien parece que estoy atrapada —apunto.

—Tiene opciones. Existe lo que se conoce como traslado por seguridad.

—¿Qué es eso? —pregunta mami.

—Trasladamos a la víctima a una escuela más segura. Podemos solicitar al superintendente que apruebe el cambio de su hija a su antiguo colegio, aunque viva fuera de la jurisdicción a la que pertenece. —Abre mi expediente y lo mira una vez más—. El director de esa escuela también lo tiene que aprobar, pero no creo que haya problema teniendo en cuenta las muy buenas calificaciones que tuvo el año pasado. Si se aprueba, la señorita Castenado se aseguraría de que fuera una transición sin complicaciones.

—¿Quiere decir que puedo decidir no continuar en este colegio? —pregunto.

—Puede hacer la solicitud, pero no le puedo garantizar nada.

Lila frunce el ceño. Ella quiere que me quede y pelee. Eso es lo que ella haría. Así es como Lila se abre camino en el mundo.

—La persona equivocada es la que paga el plato roto en este caso —dice furiosa—. Están echando fuera a la víctima.

—No estamos echando fuera a nadie —dice el señor Flatwell—. No es perfecto, pero en este caso creo que es la mejor solución para su sobrina.

Las secretarias han comenzado a llegar y a través de las ventanas veo que los estudiantes también se congregan en el patio. Nuevamente siento un nudo en la garganta.

El señor Flatwell mira su reloj y se dirige a mami.

—Puede tomarse un tiempo para pensarlo bien. Le ruego me llame mañana y me deje saber su decisión.

Me sujeto al borde del escritorio. No es justo que yo tenga que cambiar mi vida porque alguien como Yaqui esté sedienta de sangre. Pero, al fin y al cabo, la vida no es justa: no lo fue con mami en lo que respecta a mi padre, y ella salió adelante. ¿Y Joey y su mamá? ¿Es justo que con apenas diecisiete años tenga que subir a un autobús solo para alejarse de su familia?

«*Échate a correr si es necesario*» fueron sus últimas palabras antes de marcharse.

—No necesito más tiempo —digo mirando a mami—. Yo puedo tomar la decisión por mí misma. Quiero el traslado.

Capítulo 39

Últimamente he llegado a la conclusión de que madurar es como pasar a través de unas puertas de cristal que solo se abren en una dirección: puedes ver de dónde viniste, pero no puedes volver atrás. Por lo menos así es para mí.

No he visto ni oído nada de Yaqui ni de su pandilla desde que me fui de DJ el invierno pasado. Seguramente ha encontrado una nueva víctima en quien descargar su odio o a lo mejor se ha ido del colegio. Estoy en mi antigua escuela; allí todo sigue igual: la cafetería donde me sentaba a almorzar con Mitzi, los profesores que me conocen y me aprecian, mis compañeros, que no saben lo que pasó con Yaqui y cómo todo aquello me cambió. Quisiera poder olvidarme de todo y volver a la normalidad; sin embargo, por alguna razón no puedo. Todo es igual, menos yo.

Camino por los pasillos con mis amigos, pero a la hora del almuerzo no puedo evitar mirar por encima del hombro. Antes de ir al baño sola, lo pienso dos veces, a pesar de que sé que no corro peligro. Después del colegio paso tiempo con Lila, no solo porque me gusta su compañía, sino porque a veces tengo miedo de que Yaqui me esté esperando en algún lugar. La señora McIntyre, la consejera, dice que me llevará un tiempo. «Un trauma así lleva su tiempo. Ten paciencia», dice.

Envié la solicitud a McCleary antes de irme de DJ y le prometí a Rob que le dejaría saber si me aceptaban. Tanto la señora McIntyre como el señor Flatwell escribieron cartas de recomendación, pero quién sabe. A veces el criterio que siguen es estrictamente basado en las calificaciones, y las mías dieron un bajón el semestre pasado. De momento, me pongo al día con el trabajo, y si hay algo nuevo que me interese y tengo ganas, participo. Esta misma semana leí un anuncio en la revista de la escuela. «*Se necesita personal*», decía.

Tendremos la primera reunión la semana que viene.

Mami no me dijo que vendría. Es sábado y estoy en la peluquería. De repente, las campanas de la puerta tintinean y cuando levanto la vista, ella está ahí. Como no aceptó la invitación de Gloria de venir temprano, pensé que nunca lo haría.

—¿Qué haces aquí? ¿Por qué no estás en el trabajo? —pregunto.

Se encoge de hombros y mira a su alrededor con timidez.

—Me tomé el día libre —dice.

—¿Un día libre? —pregunto alarmada—. Debe pasar algo grave.

Antes de que pueda seguir indagando, Gloria viene corriendo con los brazos abiertos.

—¡Clara! ¡Por fin has venido!

—No tengo cita —dice mami.

Gloria hace un gesto con la mano como diciendo que no es necesario.

—Las viejas amigas no necesitan cita —dice señalando a Mirta, una de las estilistas. Hace un guiño y grita en dirección a la parte de atrás:

—¡Lila! ¡Apúrate, que tu clienta ya está aquí!

Lila sale poniéndose el delantal. Se para en seco cuando ve a mami.

—Dice que se ha tomado el día libre —le susurro al oído.

—¿Es el fin del mundo? —pregunta.

Mami la mira de arriba abajo.

—¿Vas a lavarme la cabeza o no? Hoy es un día especial, así que quiero el mejor tratamiento.

Lila levanta una ceja.

—¡Vaya!

Las otras clientas nos observan curiosas, y mami se ruboriza, se quita la chaqueta y busca algo en el bolsillo. Me entrega un sobre grande amarillo.

—Es para ti.

La dirección del remitente es el emblema de la academia McCleary. Dejo caer la escoba y rompo el sobre. Mis ojos se dirigen directamente a las palabras escritas en negrita.

—¡Me han aceptado para este otoño! —grito—. ¡Me han aceptado!

—Lo sé. Llegó ayer —dice mami.

—¿Lees mi correspondencia?

—No me mires así. Te quedaste a dormir en casa de Lila y no me podía aguantar. Además, si te hubieran negado la admisión, hubiese quemado la carta y hubiera ido al colegio para hacerles cambiar de opinión. —Me hace un guiño y dice—: Pero por suerte son personas sensatas.

—¡Sabía que lo lograrías! —grita Lila—. ¡Siempre he dicho que eres un genio! ¡Esta noche vamos a celebrarlo! —Entonces se vira para mirar a mami—. ¡Ay, Gloria! ¿Dónde está la caja de pañuelos?

—Estoy bien —insiste mami lloriqueando—. Es todo este olor a perfume que hay aquí...

Lila pone los ojos en blanco, se acerca y la abraza.

—¡Nada de llantos en mi peluquería! —dice Gloria alcanzándole la caja de pañuelos—. Hoy es un día para celebrar. Lo que necesitamos es un poco de música.

Una de las manicuristas busca la caja de los CD y saca unos cuantos. Cada una pide lo que le gusta.

—¡Qué jaleo! —dice mami sentándose en una de las sillas.

—Yo lo elijo —digo mientras selecciono los CD y escojo el que me gusta.

En unos segundos la música comienza a sonar. Lila posa como una bailarina de flamenco y empieza a dar palmadas al compás del ritmo.

1-2. 1-2-3.

Una a una, todas forman un coro, y entonces se escuchan las notas de un piano.

—Mami, yo quiero aprender a tocar eso. Por favor, enséñame.

—Hace años que no toco.

—¿Y qué importa? Yo no soy una experta.

Mami suspira y sonríe.

—Creo que todavía te puedo enseñar algunas cosas. Pero empezaremos por la música clásica, ¿de acuerdo?

Lila agarra una de las batas de la peluquería y la mueve delante de mami, como si fuera la capa de un torero. Entonces, da una vuelta y saca a mami a bailar.

—¡Arriba, Clarita!

Una a una las clientas se levantan de las sillas y comienzan a bailar.

—¡Miren esto! ¡Resulta que ahora Corazón es una sala de baile! —dice Gloria radiante de alegría.

Yo también me pongo a bailar. Muevo la cintura,

muevo las caderas y me dejo llevar por el ritmo. Ahora es Fabio el que baila chachachá moviéndose entre todas las piernas.

1-2. ¡1-2-3!

—¡Baila, Piddy! —grita Lila mientras me pasa a los brazos de mami.

Y bailo.

El rostro de mami brilla de sudor y muestra una sonrisa de oreja a oreja. El suelo retumba de alegría, borrando el recuerdo de los días pasados. La música suena con su ritmo sensual de trompetas y trombones. Mami me da una vuelta y mis brazos se abren al mundo.

—No pierdas el paso —me susurra al oído. Cuando termina la música, me abraza con fuerza.

Y sé que al fin he encontrado mi propio ritmo, espontáneo, fuerte, seguro, pero, sobre todo, mío.

AGRADECIMIENTOS

Mi más sincero agradecimiento a las siguientes personas:

Eric Elfman, Lia Keyes y Veronica Rossi, por la cuidadosa lectura y valiosos comentarios a medida que avanzaba con la escritura del manuscrito.

Ada Fernández McGuire, por responder a tantas preguntas sobre la disciplina escolar.

Jen Rofé, mi agente en la agencia literaria Andrea Brown, por encargarse de las negociaciones.

Kate Fletcher, mi maravillosa editora, y a todo el equipo de Candlewick Press, por todo lo que hacen por mí para que cada vez sea mejor escritora.

Y, sobre todo, a mi familia, por su amor y por creer siempre en mí.